JN225108

外出

Sada Michiaki

定 道明

編集工房ノア

外出　目次

装画　若林朋美
カバー「自由な葉脈」／扉「葉脈の灯り」
装幀　森本良成

川蟬色の記憶

女はねんねこ袢纏を着せた赤ん坊を背負っていた。赤ん坊は、頭の大きさ、顔のふくらみから推して、満一歳はとうに過ぎている感じであった。こんなに大きな赤ん坊を背負うのかなという疑問と、何よりも今時ねんねこ袢纏はないだろうといったことが、斜め前を行く女の印象を奇異で珍しいものに見せた。私はゆっくり女を追い越し、その瞬間女はふっと顔を上げた。

女は意外に若く、私は女の顔に見覚えがあった。しかしちがうかもしれない。かすかな面影といったものが私の中で揺曳した。

私は妻と一緒であった。山中温泉の名勝、蟋蟀《こおろぎ》橋の紅葉を観に来たのである。

「今年は──」

女は私の方を見るともなしに語りかけてきた。

お互いに急ぐ間柄ではない、と女は勝手にふんだのかもしれない。女は妻の方にむしろ多くの視線を送りながら、のろのろと話し始めた。その様子は、私と妻を量りかねているようにも見え、そうでないのかもしれなかったが、そこに思惑が介在しているようにも考えられた。

「今年は、変なんです。紅葉の前に、葉っぱが枯れて落ちてしまうんです。こんなことは滅多にあることではないんですけど」

そう話している間にも、女はやはり時々妻を気にした。

「ずっとここにお住まいですか」

妻は女の話を引き取ってそう言った。

「ええ、ずっと。温泉場も随分変りましたけれど、このあたりは昔のままです。樹木も、川も、家並も。それで、こうしてよく来るのです。嫌な時も、嬉しい時も」

女は歩き出した。

私と妻も、女の後を追って、蟋蟀橋へ向かう急な坂を降りて行った。

坂の途中に岩不動があった。岩不動の上にかぶさるように立っている何本かの楓の巨木は見応えがあった。それらの楓が全て真っ赤に紅葉することがあれば、おそらく人々は、火の中を潜るような妄想に駆られてこの坂を駆け降りなければならなかっただろう。

女は岩不動にちょっと立ち寄り、手を合わすと、掌に水を掬って飲んだ。私と妻はその様子を立ち止まって眺めていた。私は、女が赤ん坊に着せているねんねこ袢纏の生地の色に釘付けになった。女が後ろ向きになっていたためによく見えたのである。色は褪せてはいるが川蟬の羽根の色である。

私は前を行く女が最早桐子にちがいないと考えていた。若い桐子もそうであったが、女は化粧らしい化粧をしていず、素顔同然であった。思い出してみると、若い桐子は、ただ汗ばんだ白い皮膚をさらしてきりきりと振る舞っていたのだ。

私は大学の院生時代に九谷古窯址の発掘調査に加わったことがあった。今から半世紀近くも前のことである。九谷古窯址の調査は、昭和三十年代に入って、にわかに戦前の古九谷伊万里説が浮上したことに呼応する。古九谷伊万里論争に結着がつけられないかということが、地元の山中町、大学、その他関係者挙げての悲願となった。

何しろ、江戸初期に古九谷が誕生し、約半世紀で忽然とこの世から姿を消してしまったという謎とロマンに満ちた伝世品《でんせいひん》をめぐる論争であるだけに、専門家以外の人達までが発掘に固唾を呑んだ。発掘の当時者達も、そうした目に見えない視線を絶えず意識し、緊張を強いられることになった。

特に、古九谷伊万里論争については、この調査の前にも、有田の古窯址で発掘調査が行われ、伝世品の古九谷に類似する多様な磁器片の出土を見るに及んで、古九谷伊万里説を奮い起たせた。しかし一方で、古九谷のあくまでも大胆不敵な色彩と構図は古伊万里のものと反りが合わず、むしろ古九谷の方が先行していたのではないかという説まで含めて、古九谷の加賀九谷生産説には頑固で異説を寄せ付けない凄みがあった。つまり、この立場としては、私の参加した九谷古窯址の発掘調査の圧倒的な成果を信じて疑う者はいなかった。

そうはいっても、現実には、発掘はアンチロマンを地で行く作業といってよく、いっぺんに目に見える成果が上がるというものではなかった。特に今次の発掘の要は、伝世品の古九谷が、九谷古窯址で生産されたものという徴証を得るものでなければならず、そうなってくると、来る日も来る日も宝探しのような試掘と、それらしき磁器片の収拾にかまけなければならないことになった。

しかしこうしたやり方は、考古学のイロハに背馳するもの、と言われても仕方がなかった。試掘という名の為掘りは遺跡の破壊につながりかねなかったのである。

第一に、磁器片の収拾は、猟奇的であってはならず、好き勝手な収拾をおしすすめてしまうと、そこで捨てられた磁器片の持つ徴証がついに得られなくなるおそれがあった。ここは何としても射幸心を捨てなければならず、そうした姿勢は、今次の発掘の大前提との間に不協和音を生じた。

第二に、どんなに不充分であっても、きちんとした記録を取ることを心掛けなければならなかった。そうすると、将来全てが散佚しても、記録が遺ることによって、あくまで手掛かりを失わずにすみ、遺物の命が絶たれずにすむからであった。これがどうにも厄介なことで、現場を離れたその日の作業ということになり、深夜にいたるまで、物差しやら、ノギスをいじくりまわしている団員の姿は、それだけでも聞く耳を持たぬものがあった。

古九谷の図録とその日の採集磁器片とのつき合わせ作業というのは、いかにもそれなりに理のかなったやり方ではあったが、実際には、砂漠でダイヤモンドを見つけるのに似て、図録は図録としてあるにしても、磁器片は図録とは似ても似つかぬ別世界にある感じがした。両者に接点がないのである。だから両者の比較などあり得ないといった方がよく、こうした作業はやっていても雲を摑むようで手応えがなかった。現にこれまでの作業では、図録にフィットする磁器片など一点もなかった。まだその頃は、放射化分析を実施する術もなく、鑑識のたのみは肉眼であったから、いつまで経ってもとば口を見つけることさえできない現実があった。そうすると、そんなことに従事する研究者というのが私の中でにわかに気になり出した。一進一退ということではなかった。一向に進展のない作業でも続けることができるか。これは私の生涯を占うに充分な決定的な何かが問われていることと二重写しになった。

調査団は山中温泉に宿泊した。旅館といっても、内湯が温泉ではなかったために、私はへとへとになった泥まみれの体を、少し歩いて総湯に飛び込んで癒した。総湯は文字通り澄んだ温泉がこんこんと湧き出ているようで気持がよかった。私以外にも、この総湯を利用する団員が多かった。

総湯に味を占めた私が、帰るとすぐタオルをぶら下げて旅館を出ようとした時、桐子は、

「あらっ」

と声を上げた。

「ちょっと総湯へ行って来る」

桐子はその時あふれんばかりの微笑を満面に浮かべた。これが私と桐子との言葉の交換の最初であった。

それからというもの、桐子は別に私に特別なことをしてくれたわけではなかったが、私の意識として、常に桐子の光る眼差しと配慮を感じた。

「洗濯物あったら出して下さあい」

それは団員の誰もが毎日桐子や女将の世話にならなければならないことであったのだが、私には桐子の言い方が、「何でも出して下さい」というふうに聞こえた。

古窯址のある九谷までは、旅館から三里半、トラックやジープで四十分余の時間を大聖寺川に沿って遡らなければならなかった。途中に我谷ダムがあり、ダム湖を右手に見ながらぐねぐねした山峡の道を辿った。発掘調査が一週間も続くと、目覚めてもまだ疲労が取れずに残っていて、朝方の移動の途中でも私はうとうとすることがあった。山狭から吹き上げる秋の風は、底を流れる川の音まで微かに運んで来て、私は心地よい一時をまどろみの中で過ごした。

私達は旅館で支給された巻き寿司弁当を広げて食べた。毎日巻き寿司弁当であったのは、腐敗を避け、怖れたためであったと思われるが、しかしこれがなかなか上等にできていた。甘酢のよく利いた飯と干瓢と海苔との単純なコントラストに、私達は舌鼓を打ち、飽きることがなかった。

「はいっ」

旅館を出がけの私達に、桐子はそう言って一人一人に弁当を手渡した。

それは、桐子が全部をやったのでないにしても、弁当の制作に応分に関与していることの証として受け取ることができた。私の教師達も、桐子から弁当を受け取る度に、桐子に対して或る感情を示した。彼等にしても、調査が長引くにつれ、巻き寿司弁当を楽しみの一つに数えていたことが明らかであった。

夜は旅館の一室で会食をした。私と教師達の身内だけの時もあったが、たまに何人かの客人があった。客人達も一端《いっぱし》の古九谷通であったから、彼等だけで酒のいきおいもあって議論が盛り上がることがあった。

そんな或る日の会食の時、客人の一人が私に向かってこんなことを言った。

「あなたは独りもんでしょう。たまの日曜日ぐらいには桐ちゃんを誘って兼六園にでも遊びに行ったらどうです」

客人は地元の人か、この旅館をよく知っている人にちがいなかった。

「兼六園は嫌いですか」

「いえ、まだ行ったことがありません」

と私は応じた。

「それなら丁度いい。桐ちゃんは嫌いですか」

「いえ」

私は正直にそう言った。

「ねえ女将、いいでしょう。勉強ばかりしていたんでは体が持たんですわい」

どうやら客人は、私への慰労のつもりがあってそう言ったのらしい。

「よし女将、ここへ桐ちゃんを呼んで来なさい」

しかし女将は立たなかった。そして私の方へ向き直るとこう言った。

「お仕事の邪魔をしてはいけない、ということだけは強く言い聞かせていますから安心して下さい。とんだご迷惑を掛けました」

私には女将の言うことがよくわからなかった。私に迷惑を被る何かがあったとすれば、私の知らない所で何かがあったとしか考えられなかった。しかしそれは何だろう。

こうした会食とは別に、週に一度は旅館で竹篦《たけべら》会があった。これは、発掘の成果を見せ合うという気楽な勉強会というもので、時には夜半にまで及ぶことがあった。桐子は起きていておにぎりの夜食を作った。団員の中にはおにぎりを三個も食べる者があった。

私と桐子は、次の日曜日に兼六園へ遊びに行くことになった。ことは簡単であった。

私が女将に頼んだのである。

当日玄関に現れた桐子は妙な着物を着ていた。

この辺では川蟬を見かけたことがなかったが、着物の色が川蟬の羽根の色に似ていると思った。コバルトブルーとも玉虫色ともつかぬ糸が入り混って、ざらっとした感じのままで野趣に満ちていた。私はそうした着物の生地をこれまでに見たことがなかった。川蟬は、見つけると瞬時にして発ってしまい、コバルトブルーの印象だけをいつまでも遺すものだが、今目の前にいる桐子は発つことがないのだと思うと、私は安堵にも似た気持になった。

歩き出すとすぐ桐子は着物が母のものであると言い、母は又その母から貰ったものであると言った。

「私の方からねだって着せてもらったのよ」

とも言った。

すぐ近くの北鉄の電車駅から電車に乗ると、桐子は私が語りかけたわけでもないのに、いろいろと話し始めた。

「私は母の母だというおばあちゃんを知らない。とにかくおばあちゃんはこの着物を大事にしていた。おばあちゃんはずっとずっと県境の山の出の人で、自分でこの着物を織ったのだということだった。嫁入り前の娘が一枚の着物を織り、それを嫁入り道具とした。それで、この着物には、おばあちゃんの丹精が籠められているんだって」

「へえ」

「母がこの着物を着た姿というのはあまり見たことがない。それで私も特別のことだと思うから、今日こそはと思って」

「今日は特別の日か」

「そうよ。とても嬉しい日だもの」

桐子ははしゃいでいた。

私は今こうして電車のボックスに座っている自分の横に、桐子がきちんと膝を揃えてあたり前に座っていることが不思議でならなかった。

「掘り屋はなあ、電車に乗っても座ったらいかんぞ。立っていても吊り皮につかまるもんではないぞ。入口のな、端に立って体をドアにあずけるだけさ」

先輩達のこうした忠告は、私のこれまでの数少ない発掘の経験でもわかることであった。発掘調査の予定日に、前日の雨の後遺症があったりすると、そうでなくてさえ土まみれになるのに、衣服は泥まみれになって電車のボックスに座るどころの話ではなかった。電車に乗ること自体が鼻つまみなのであった。

たしかにそこまでいくと、どんなに無神経な掘り屋でも一服してしまうのであったが、土まみれの段階では、本人に気付かないことがいくらもあった。しかし同席したボックスの女人は静かに立ち去ったし、騒ぎまくっていた女高生達はお互いに目配せして慌しく席を立った。

「何の因果かねえ、君は可哀相な男よ。もうこれで女の子と縁がなくなったね。そうはいってもさ、先生方をはじめ皆さん女房持ちだから、お嫁さんが来ないというんではない。ただ、自分から女の子が好きになってもはじまらんということよ」

こうした話を何度も聞かされると、私もいつか話に興じて、彼等の言うことが法螺話のようにも聞こえてきて、彼等はむしろそうした話の中に、自分達のプライドを置きたがっているようにも見えた。つまりそうした話は、プライドの裏返しなのである。

そうなってくると、可哀相なのは彼等ではないのか。

私達は電車駅の終点から汽車に乗り、金沢駅からは公園下までバスに乗った。この間、着物を着ている娘を見かけることはなかった。汽車の乗客の中には、金沢へ遊びに行く人達が随分といたはずであったが、手に小袋を持ち、草履を履いて膝を揃えてすわっている娘はいなかった。最初に喋りすぎたせいか、桐子は途中から寡黙になった。ただ桐子には、これまでに何度か行ったことがある兼六園に私を案内するつもりがあるらしく、どことなく張り切った様子があった。とすると、案外このことが、彼女の今日の外出目的であり、女将まで上げての、私という客人に対する接待のつもりがあるのかもしれなかった。

兼六園へ登ると、広い池に脚を浸けて建っている内橋亭という茶屋に入った。兼六園は混んでいたが、茶屋は空いていた。

部屋にすわってすぐ注文を取りに来た女に桐子は訊ねた。

「おばあちゃまは元気ですか」

女は虚を衝かれた感じで問い返して来た。

「おばあちゃまというのは、誰のことだろう……」

「とても年とった方」

女はいったん部屋を離れ、外に出て母屋の方へ駆けて行った。彼女は間もなく戻って来た。

「ああ、そのおばあちゃんなら亡くなりました。もうだいぶ前になるということですよ」

桐子は特に驚いた様子ではなかった。そして独り言のように呟いた。

「そんなに前のことであるはずがないのに」

桐子はまず抹茶とお菓子を注文した。食事は治部煮と鮴《ごり》汁付きの定食であった。この注文の仕方は手際がよく、茶屋の定番に添ったものとも思われた。

私は酒を飲まなかったから、二人とも早く食事を済ませてぼんやり池を眺めていた。池には鴨が浮かんでいた。鴨は何羽も浮かんでいて、中に子供の鴨が混っていた。子供の鴨はよく潜水をした。潜水というのか水戯びというのか。

鴨はいくつかの群をなして浮かんでいた。いずれの鴨もちん丸くなって自らの懐ろに首をひねって突っ込んでいた。その時、一羽の鴨が泳ぎながらすうっと集団を離れて行った。すると他の鴨達もいっせいに一羽を追って移動し、移動した所で何事もなかったかのようにふたたび群を作った。それは、そうすることによって群を確認しているかのようで、忘れた頃に何度も繰り返される。そうした動きは、見ていて少しも飽きなかった。

二人は偶然潜水したばかりの子供の鴨を追っていた。それがなかなか浮上して来ないことに先程から落ち着かない気持を募らせていた。

突然桐子が素っ頓狂な声を上げた。

「あらっ、あんな所に」

桐子の目線が吸い寄せられている方角に、何羽かの鴨に混って子供の鴨がせわしなく泳いでいた。すぐ近くにいる何羽かの鴨の中に親鴨がいるのかどうかわからなかったが、子供の鴨はそれらの群から離れようとしなかった。

「どうしてあんな所まで潜ることができたんだろ。大変な距離よ。信じられないわ」

桐子は振り返ると、私に同意を求めるかのように何度もそう言った。

「本当にあの鴨なのかなあ」

「そうにきまってるわ。だって外に何処にもいないもの」

それは私にしても驚き以外の何ものでもなかったが、私の半信半疑に対して、桐子には半疑すらない感じである。私はあらためて桐子の尖ったような生き生きとした横顔を眺めた。

「ほらほら」

桐子は熱心に子供の鴨を観察していた。あたかも時間の経つのを忘れて子供の鴨に寄り添いたいかのように。

私が奈良の研究所に勤め出してから一度だけ桐子が訪ねて来た。生憎私は長期の発掘調査のために出張をしていて、アパートのポストに投げ込まれていた手紙で彼女が来たことがわかった。

便箋には簡単な文章が二行に分けて書いてあった。久し振りに友達と奈良へ来たが、お会いできなくて残念、これから真っ直ぐ帰ります、というものであった。しかし桐子が友達と来たのかどうかはわからなかった。封筒も便箋も手が切れるようなものであったからである。

私は早速返事を書いた。桐子と会うことができたら話したであろうとりとめもない内容について。私は私の将来にわたる仕事についても書いた。私の仕事はおそらく奈良でしか考えられないこと。そしてそれは、将来とも際限のない遺物と向き合うことになるだろうということ等。

それっきり桐子との交渉は絶えた。桐子からも連絡がなかったし、私もしなかったのである。


蟠蜂橋の袂で私達は女と別れた。私達は何か飲みたくなり、丁度目の前にあった店の前で踏み止まることにした。激しい川音が聞こえ、川を覗き込むと、少し先で無言で渦を巻いていた水が、橋下にいきなり突き落とされて飛沫を上げていた。

「橋の欄干がもう少し高い方がいいと思わないかい」

これに妻は答えずに次のように言った。

「あの人、何だか私の方ばかり見ていたような気がする。ずっと気になっていたんだわ」

そして私達は店が外に出しているお品書きにちらりと目を遣りながら、脇の狭い入口から枝折戸を押して中へ入って行った。

落ちていた雀

それは、落ちていたとしか言いようがなかった。堤を帰って来たら、偶々目線を落とした先に異物があった。そう、それは異物としか彼の目には映じなかった。アスファルトの道に、小さな塊のようなもの、石ともちがうし、土ともちがう何か。小さな小さな縫いぐるみ、と言った方が、最も適切で、それはだから絶対踏んづけたりしたらいけない、という意味では最も近いモノとしてそこにあった。

彼はぎくっとして立ち停まった。それからそれが雀だということがすぐにわかった。やはり異物にはちがいない。堤の上の、アスファルトで舗装した道に落ちていた雀。

彼は現場にしゃがみ込み、恐る恐る雀を摘み上げた。雀は薄目を開けていた。雀の体の中でぴくっと動くものがあった。彼は慎重に指先に力をこめた。此の期に及んで、逃げられるのもつまらない。

「おいっ！」

彼は雀に向かって何度もそう叫んだ。雀はまちがいなく、二三度は目を開いた。そして又閉じた。

「おいっ！　しっかりしろ」

日中であると、堤とはいえ車の往来があった。すれ違いなどはなかなかままならなかったから、道の真ん中に老人がしゃがみ込んでいるとなると、車はまちがいなく停車しただろう。さいわいなことに、早朝の時間帯であったから、堤の脇に展開する運動場へ単独で球を打ったり、羽根を打ったりしてゲームの練習をしに来る老人以外に人影はなかった。彼はサッカーグラウンド脇の道を歩き終えて、今しがた帰路についたばかりだったのだ。

掌の中の雀はまだ薄目を開けていたが、体の中で動くものはなかった。彼は立ち上がると歩き始めた。そのまま掌の中の雀を堤の草叢に向けて放り投げることはできなかった。そんなことをしたら、雀は確実に死ぬ。家へ持って帰って、まず水を与える。それから――と考えると、気の利いた方途が思い浮かぶわけではなかったが、彼はそう考えてゆっくりと堤を歩いた。

堤の下の胡桃の木立が切れて、暫く行くと樋門が現れ、樋門を潜る川の瀬音が一気に聞こえ出した。昔も今も、この樋門を潜る川の瀬音は変らない。瀬音に負けないくらいの歓声を上げて、村の子供達は水遊びをした。名前のわからないいろんな小魚が泳いでいた。その川上の方では、その頃は米を研ぐことができた。川に降りるだだっ広い道がついていて、コウドなどという言葉が生きていた時代だ。

樋門を過ぎると、堤の下には荒蕪地が現れた。昔は水田であった所であるが、村一統がもう何年も前から耕作を放棄している土地だ。ブッシュの中に傾いたポンプ小屋が見える。突然のようにして、耳を劈《つんざ》くような鳥たちの囀りが飛び込んで来た。

すると、掌の中の雀はピクリと動き、目を見開き、肩の辺に続けて力をこめるのがわかった。彼は反射的に掌の奥深く雀を包み込んだ。

「おいっ!」

彼は又しても前と同じように雀に向かって叫んだ。

しかし黄色い嘴をした子供のような雀にそれっ切り反応らしきものはなかった。

急がねばならぬ。そして水を与えなければならぬ。彼はそのことだけを考えて堤を急いだ。

たしかにさっきは目を開け、上半身をもぞもぞとやったのだ。まだ生きている。死んではいない。何かの加減で極度に衰弱しているのにちがいない。事故かもしれない。車にぶつかってそのショックで死ぬ鳥が増えてきた。信じられないことである。高速道路で羽根をよじらせて身動きできないでいる大きな鳥を見かけたことがあった。羽根の色がこれまでに見たこともないような美しい色をしていたので鴫か何かだろうと考えられたが、霧の深い早朝の時間帯であったから車を避けられなかったのかと思われた。とにかく近頃は無造作に道に落ちている鳥の死骸を見かける。こんなことはなかった。子供の頃の記憶をたぐってみても、道に落ちている鳥の死骸など皆無であった。鳥が車社会について行けなくなったのか、それとも鳥の生態型の何か世界的な変化なのか。

雀が落ちていた地点は、堤の下が、堤に沿って胡桃の木立が続いていた。木立は、冬はセザンヌの絵の中の落葉樹のように、鹿の角を立てたような枝だけが堤の上に突き出る恰好になったが、春ともなれば、堤にかぶさるようにして鬱蒼とした深緑の葉叢が延々と続くことになった。胡桃の木立は、胡桃の実が洪水の時などに上流から流れ着いて出来たものと考えられたが、近辺に何もない風景の中にあっては、雀の恰好の塒となっていたのにちがいなかった。それで朝一番に塒を離れた瞬間に車にでもぶつかってしまったのだろうか。

こう考えるのは、朝早く車を走らせていて鳥を引っ掛けた経験が彼にはあったからである。正確に言うと、鳥の爪がフロントガラスをキイと引っ掛く羽目になったのである。その時は、今にぶつかるぞと思っていたので、ぶつかった時は、「このバカ奴」と思っただけであったが、思い出すのは、鳥の動きが一様にワンテンポ遅れて見えたことであった。鳥達が、車社会に対応し切れていないぞという懸念があった。同時に、鳥達が車社会を甘く見て嘗めているなという感想が来た。それで「このバカ奴」が出たのである。鳥などは、高を括っているように見えた。こんな程度でかわしていれば車は怖くないと。

しかし、今彼の掌の中にある雀はそうではなかっただろうと思った。輪禍である。

思っても見なかったことである。病気のために道にすとんと落ちることはあるまい。よくぞ彼に見つけられるまでに車に轢かれなかったものだ。彼は梢の顔を思い浮かべながら歩いた。彼女はきっと雀を持ち帰ることに賛成しない。

彼は掌の中の子雀が、耳を聾さんばかりに襲いかかった野鳥の囀りに一瞬目を開け、ぶるっと上体をふるわせた感触に接した時、すぐに梢の経験を思い出さずにはいられなかった。これは梢に話す必要がある。梢の経験のたしかだったことが証明されたことになる。

そして、家に辿り着いて子雀を見た時、彼は掌の中に完璧な死を認めざるを得なかった。むろんそこまでは野鳥の囀りは届いていなかった。何処をどうつついても子雀は生きていなかった。あの奇跡は、野鳥の囀りがあってはじめて起きたのだ。彼はそう考えて疑わなかった。

前に、運動公園にいたよちよち歩きの子雀を持ち帰ったことがあった。追うとやっと歩く。このままでは烏か鳶の餌食になること必定である。飛べるようになるまでは家で面倒を見る必要がある。子雀は掌の中にあっても激しくピイピイと鳴いた。

彼は持ち帰った雀を縁側に置いて竹の笊をかぶせた。茹でた饂飩やら蕎麦の水切りに重宝している笊である。彼は何事につけてもまめな方ではない。しかし麵類を茹でる仕事は彼の担当と決まっている。彼はその微妙な加減を自分だけが会得したものと考えているが、事情はちがうかもしれない。その分、梢の労力がはぶけるから、彼女は夫の好きなようにさせているだけなのかもしれないからだ。

「どうしたの？　何処で捕まえて来たの？」

縁側に伏せてある笊を目敏く見つけた梢は彼に非難がましい声を浴びせた。

「運動公園さ。放っておくわけにもいかないしさ」

「放っておけばいいじゃない。家で飼うつもりなの？」

「そうじゃない。飛べるようになるまでは見てやらないと」

「子供なの？」

「そうだよ。それで困ったんだ」

「自分が困るようにして、困ったんだもないものだわ。いったいいつまで面倒見るつもりなの？」

「やってみないとわからないさ。案外、すぐ飛べるようになると思うよ」

「だといいんだけど」

梢は、最初に一度だけ縁側の笊を見ただけで、後は見向きもしないままそう言った。梢の心配と、彼の心配とはすれ違っていた。梢の心配は、心配というより忌避に近いものであったし、彼のは不安というものであった。いずれも厄介なものを持ち込んだものだと考える点では通じていた。

子雀は休む暇なくピイピイ鳴き続けた。そんなに泣き続けたら体力が持つまいと考えられたが、何処からか二羽の雀が飛来するに及んで、合計三羽による内と外との大交歓が始まった。何処からか飛来した二羽の雀は、子雀の親鳥と考えるとさまになったが、運動公園にいたであろう親鳥が、迷子になった子雀の居処を探し当てて駆け着けたと考えるにしては話ができすぎた。

飛来して来た二羽の雀は、ついに伏せてある笊の上に乗ってピイピイやり始めた。彼は驚きのあまりに身を固くして台所のテーブルの椅子にすわり続けた。

「そこまでやるか」

というのが彼の実感であったが、二羽が親鳥でないことはたしかであるのだから、こうした関係をどう説明したらいいのかわからなかった。

それでもひとしきりのかけ合いが済むと、飛来して来た二羽の雀は飛び立って行ってしまい、再び戻って来ることはなかった。笊の中の雀の方は、笊の中でしきりに羽撃きを繰り返すようになった。その間もピイピイと鳴きやめなかった。頭と胴体がちぎれんばかりに鳴いている。ひょっとして笊を外ずせば飛び立つかもしれないとも考えられた。

彼は改めて笊の中を見た。水の入った小鉢が一つ。これは彼が入れた。その下に新聞紙。これは糞対策のために梢の指示で敷いた。いずれも彼のやったことである。梢が自ら手を下したものは一つもない。

新聞紙にはいたる所に糞が付着している。それに、いたる所が濡れている。狭い笊の中でしきりに羽撃くものだから、水も糞も撒き散らされてひどいことになっている。梢が指示した新聞紙の手当ては正確であったわけであるが、梢でなくても、笊の中の惨状には目を覆いたくなる。

彼は決心した。一度笊から出してやったらどうだろう。こんなに出たがっているのだから。

笊を取ると、子雀はパッと飛び立ち、すぐ側の柊の枝に止まり、そのまますとんと庭に落ちた。そしてピイピイと鳴き続けた。最も悪い状態である。これでは野良猫を呼び込んでいるようなものだ。野良猫はいる。庭も歩くが、長い長いブロック塀の上も歩く。必ず一日に一度は、雨の日も雪の日も歩く。朝起きると、新雪の上に猫の足跡があるのでわかる。まさかこんなドカ雪の日に来ることはあるまいと思っていても、納屋の方へ一筋の猫の足跡がくっきりと付いている。野良猫の行動には習慣化された何かがある。その日の気分によってうろちょろすることはないらしい。そこまでいくと番犬ならぬ番猫のように見えてくる。頭がいいのか悪いのかわからない。

そんな庭へ子雀を放っておくことはできない。彼は裸足で庭へ降りて子雀を捕まえると又笊をかぶせた。

梢が時々パソコンの部屋から出て来て、腰に両手を当ててこちらを窺っている。何か文句を付けるわけではない。けれども、それ自体が抗議と非難であることはまちがいない。彼にしたところで名案がないのだ。梢に対して「どうしたらいいもんかね」とは言えるはずもない。しびれを切らしたのか、彼女の方から声を掛けて来た。

「そんなことをしていたら死んでしまうよ。どうやって餌をやるの。水だって飲んでいやしない。ピイピイピイピイだけじゃ、水を飲む暇もありゃしない」

彼は、「よしっ」と掛け声をかけて立ち上がった。傍目には何かが始まりそうに見えたが、彼はそのままどしどしという具合に歩いて自分の部屋に入って行った。「ダレガシルモノカ」といった言葉まで彼の喉元にせり上がってくる。

夕方になり、事態の進展が見られず、彼は仕方なく子雀を家の前へ持って行って放つことにした。家の前だと、まだ雀が何羽かはその辺にいるはずであるし、いなくてもどうにかなるのではないか。夜は雀も眠りに入るわけで、いつまでも鳴き続けるわけではないだろう。朝まで眠れば、見違えるほど逞しくなっていることだってあるのだ。それで、夜明けを待って、幽かな曙光を目指して飛び立つこともあるのだ。

彼は相変らずピイピイ鳴き続ける子雀を家の玄関を出たところで薄暮の中へ放った。子雀はすぐ近くの山茶花の枝に取り付き、そのますますとんと下に落ちた。同じである。

下は、カンゾウやツワブキのブッシュであった。ブッシュの中から、今まで以上に鳴き叫ぶ子雀の声が聞こえた。あんなことをしていたらたちまち野良猫に襲われるのにと彼は考えて腹立たしくなった。彼にはしかし打つ手がなく、今更ブッシュの中から子雀を探し出す気力もなかった。彼は残酷な気持を振り切るようにして家の中へ入った。

まだあちこちで電線を渡る雀の声が聞こえた。彼は何の根拠もないままで、彼等が救いの手を差し伸べてくれるかもしれないと考えた。彼はそう考えること自体に無責任を感じ、無責任を感じるだけで何もしないでいることに苛立ち、落ち着かなかった。

「何処へ持って行ったの？」

「持って行ったんじゃないさ。放したんだ」

「それで、飛んで行った？」

「うまく飛べんかった」

「そう、飛べんかったか」

梢は、自分で呟くように納得して頷いた。

糞の付着した新聞紙やらを片付けたのは彼であった。戸外の様子を気にしていても仕方がないので彼は忘れることにした。心なしか雀達の囀りが遠ざかっていくようにも感じられた。

彼はついに掌中でぴくりともしなくなった小雀と向き合わなければならなかった。小雀はあまりに軽量で、とりとめがなく、はたしてまだ温もりがあるのかどうかさえ判然としなかった。

彼は義父のことを思い出していた。義父危篤の連絡を受け、彼は梢と白タクに乗っていた。真夜中の国道を白タクは突っ走っていた。運転手の脇の助手席には彼の細君がすわっていた。睡魔をよけるための一助ともなれば、という彼等の気転である。彼等とは知り合いでもあった。

約一時間後に、村で一軒だけ煌々と明りの点いている梢の実家に着き、梢は玄関から真っ直ぐに義父の部屋へ駆け込んで行った。危篤とは少し様子がちがうらしいことがすぐにわかった。村人やら、見覚えのある親戚筋の人達の雰囲気といったものにそれは出ていた。彼等は炬燵に入ったり、大火鉢を囲んだりしていた。

「未だらしいよ」

義兄が彼をつかまえてそう言った。彼は着物と揃いの羽織を着ていた。客人との応対を見込んだ装いであるにしても、彼には義兄の挨拶ともども違和感があった。かならずしも義兄の思わく通りにことが進んでいなかったことで彼は戸惑っていたのだ。

そのうち奥の義父の部屋から、義母、梢の順で出て来た。義母はかかえていた画板を広げて見せた。

「皆さん読めんやろ」

皆んなは義母を取り囲むようにして画板を覗き込み、口々に「読めん、読めん」と連発した。

「コンヤハダイジョウブ。ミナサンオカエリクダサイ」

義母は読み終ると声を上げて笑った。

「ははん、わかっとるがい」

そう言ったのは、彼等の結婚式に来てくれていた義父の長兄であった。彼はいろいろと不如意を重ねて来た男として評判があった。そのために、身内の信望は今一つなかった。

この分でいくと、義父は数日持つかもしれない。彼はそう考え、梢にそのことを伝えた。梢も同意見であった。そうするとこのまま居続けるというのもはばかられたので、一旦引き揚げることに決めた。反対する者は誰もいなかった。勤めのことがあり、彼等は始発の汽車で引き揚げて来た。

その翌日の早朝、義弟から父危篤の電話が入った。義兄からではなく、義弟からの電話というのも不吉な予感がしたが、とにかく始発列車に間に合う時間であったので、彼等は駅までタクシーを飛ばして汽車に飛び乗った。前日同様、白タクを飛ばすことができたが、汽車に間に合えば、汽車の方が白タクより早く着く計算であった。

汽車の中では、彼等は無言であった。梢にとって、義父は圧倒的な存在であった。義父が脳血栓で倒れ、梢は学生時代から看病に明け暮れ、退院してからもほとんどつきっきりで世話をし、義父が漸く小康を得た時、その間隙を縫うようにして、彼等は結婚式を挙げたのであった。

ずっと車窓を眺め続ける梢の横顔に向けて、彼は何も話しかけることができなかった。

梢は結婚前の心の整理についてはこれまで何も話さなかった。何故病気の父親を置いて嫁す気になったのか。

彼は梢とは研究室の一年先輩であったから、梢の卒業時には既に平凡なサラリーマン生活を始めていた。それで、一応定年までの仕事の保障は得られたものの、彼の会社は地場産業の成長株の一つではあったが、一流でも大手でもなかった。何処もかしこも就職難の時代であったから、早々に就職先を決めることができた彼などは幸運というもので、その点では同級生からも羨ましがられたが、それが梢の家族を動かしたとも考えられなかった。梢には在学中からいくつかの縁談があった。しかし近くの医者からの縁談については、医者は女を作るから駄目だと父が言っていたということを、結婚してから梢は彼に話したことがあった。

いずれにしても、彼は義父が脳血栓で倒れなかったら、梢を手放すことがなかっただろうと思うことがあった。これは彼が自分を省みて思うことである。自分が元気で義父の立場にあったら、彼のような男の所へ娘は出すまい。

義父は脳血栓で半身不随になり、それで頭の働きも半分になった。そうとでも考えなければ、義父の梢の結婚に対する認可が解けなかった。そこで義父は、梢の自由意志を認めたのである。

正月に梢の実家へ行くと、義父と二人きりになって、食事の準備が出来上がるのを待って炬燵にあたっている時など、義父が話しかけてくることがあった。

「あんたさんは全学連だったかね」

「いえ」

そんな時ほど、義母と梢の食事の準備が長く感じられたことはなかった。

「公明党がましなことをしているように思うね」

「そうですか」

「ドブ水が流れないので何とかしてくれというと、真っ先に駆けつけて来るのが公明党だというよ。共産党や社会党なんかでないらしい」

「はあ」

「この辺は昔から社会党でね。皆んな大百姓だから、いつ首を切られたって百姓すれやいいと考えてるからね。恐いもん無しってところで甚だ元気だ」

「はあ」

彼は合槌を打つより手がないから生返事をしていたのだが、同じ田舎とはいっても、単純に計られないものがそこにあった。体質のようなものがちがうのである。

ひょっとすると、このような体質が働いて、彼等の選択を何の抵抗もなく義父は引き受けたのかもしれない。娘の結婚の相手など、とやかく詮議する必要がないのだ。本人がいくというのならそれもよし。高々五十年余のことではないか。それも、こっちが早く逝ってしまえば夫婦としてまみえる時間はもっと短い。要するにそんなことはどうだっていいことなのだ。連綿として続いて来た人間の歴史の一齣にもならない。ただ本人が不仕合わせになるのは困る。ということであれば、相手の男に何の取り柄がなくても、平凡なサラリーマン生活が保障されれば御の字である。

彼に考えられることはそんなことであった。彼は義父に頭が上がらず、義父が嫌な顔一つせずに接してくれていることに、時々思い出しては感謝した。

十二月に入って、卒業年度を控えた彼は一度梢の両親に会っておくのもいいかもしれないと考え、梢に何の連絡もせずに郊外バスに乗って梢の家を訪ねたことがあった。梢が不在であることなど想定だにしない家の訪問であったから、常軌を逸しているといえばいえた。

四十分近くも郊外バスに乗り、田中というバス停で下りた。そこからは野中の一本道である。一本道の脇にある最初の村の最初の家が梢の家である。その程度のことを彼は梢から聞いたことがあって知っていた。田中というバス停も、野中の一本道というのも、この二つのイメージを重ねることによって覚えていた。

野中の一本道は烈風に曝されていた。道の両側の轍と轍の間に生えている丈の長い枯草が、烈風に煽られて横ちぎれになってふるえている。轍の行先には所々に水溜りがあり、荒涼とした野中の一本道の先にある最初の村など、見当をつけようにも途方もないことのように思えて彼は立ち竦んだ。

彼はコートの襟を深々と立て、両手でかき合わせながら歩き始めた。さいわいに雨は止んでいた。雨具を持たない彼は、これで雨にでも降られたら引き返す手しかないと思った。烈風に曝されるだけでも、人相までが変ってしまい、人前に出られる風采ではないと観念しなければならなかった。

彼は吹き飛ばされないように注意しながら歩いた。野中の一本道の脇にある最初の村は、三十分程も歩くと見当をつけることができた。そしてその最初の家は、一本道に無言の背中を見せて建っていた。屋敷には巨大な欅の木が何本か立っていた。よく見ると欅の木は村の中に何本もあった。彼は道に立ち尽くして欅の木を仰ぎ見た。そして奇妙なことを発見した。どの欅の木も、天辺が箒を逆さにしたような、逆三角型のかたちをして立っていたのである。

なるほどと彼は納得した。荒涼とした野っ原に立つ欅の木は、丁度逆三角形の天辺あたりを吹く横風に曝されているのだ。これが百年、二百年と続くということになると、欅という欅が逆三角形のかたちをして立つことになる。彼にはそれが黒々と甍を並べてうずくまる家々の威厳のようにも、脅しのようにも思えて怯んだ。

彼は村の最初の家を目指して脇道に入って行った。烈風はぱたりと収ったかに見えた。彼は心なしかほっとし、一息つく気分になった。

最初の家は、表の方へ廻ると、藁でこんもりと雪囲いがしてあった。その雪囲いの先の方で人の気配がした。

彼はそっちの方へ雪囲いを伝うようにして歩いた。泰山木の木が一本立っていた。そして人の動きを確認して立ち止まった。そこには、やや若い女と、かなりの年輩の老人がいた。老人は着流しの恰好で、片方の手が不自由なことがすぐにわかった。梢の両親にまちがいなかった。女房が一人で雪囲いをするのを、体の不自由な亭主が見ていられなくて出て来ていたのかもしれなかった。

両親はひどく驚いた様子で彼を見た。彼は自分の名前を告げ、梢が在宅かどうかを聞いた。

「あら、梢さんなら家庭教師に行ってるがや」

と母親がすぐに答えた。

彼には、母親が自分の娘をさん付けで言うのも初めてだったし、彼女の表情に当惑の色が露骨に読み取れたのとでうろたえた。一方で、父親の方が、動く方の手でしきりに中へ入れと言っているのがわかった。むろん言葉が発せられたわけではなく、手の振りだけであったが、うろたえたばかりの彼にはそれが痛い程よくわかった。

彼は家へ入ることはできなかった。短袴《たんこ》蓬髪《ほうはつ》とまではいかなかったが、よれよれのレインコートによれよれのズボン、それに蓬髪とだぶだぶの徳利セーターでは、不良学生の度を越していたととられても仕方がなかった。

彼は梢の家を後にした。今しがた来た野中の一本道を帰るわけである。それから田中でバスに乗り……ということを考えながら、彼はふらふらと歩き始めた。逆三角形の欅の木も、空の色も、烈風も彼の頭の中にはなかった。何となく、梢との関係がこれで駄目になるかもしれない、ということを、張りつめていた糸が切れる感じで思った。

これまでに数える程しか渡ったことがない陸橋を駆け下りて小さな駅に降り立つと、駅前広場には義弟の乗った一台のタクシーが待ちかまえるように停まっていた。

彼等はすぐにタクシーの後部座席に乗り込んだ。

「お父さんはどうなの」

梢は助手席にいる義弟の背後から上半身を乗り出すようにしてすぐに聞いた。

義弟はずっと、家へ着くまでの十五分間ほどの間を無言で通した。

「何故黙ってるの。きっと駄目なんだ。そうだね、駄目なんだね」

梢は何度か同じことを繰り返した。それはもう、弟に言うというより、自分に聞かせて納得したいために言っているように聞こえた。

梢の生家は昨日に比べると閑散としていて、人の数はぐんと少なかった。もしかすると、もう帰ってしまったのかもしれない、ということが推察され、彼は梢の背中を押すようにして義父の部屋へ飛び込んだ。

梢は叫ぶようにして父の名を呼んだ。

「可哀相に、無理もない」

彼の知らない老婦人がそう言って入れ違いに部屋を出て行った。

梢はこの時のことを、後になって何度も彼に話した。梢が父の名を呼んだ時、たしかに父親はぱっちり目を開けたというのである。そんなことってあるのだろうか。という訳であったが、彼は梢の証言を頭から否定することはできなかった。あるかもしれないと思ったのである。反射神経のような働きが作用すると、きっとそういうことがあるにちがいない。臨終から間なしの場合、まだ特別な神経回路が死なずに機能していて、呼び掛けに反応することがあるのではないか。

こうした経験はなかなか忘れ去ることができないものだ。しかも、人の死に関するたった一回かぎりの経験である。義父は、その瞬間まで、生きて梢を待っていたのかもしれない。それは、二人だけに通じる特別な関係というものだ。

彼は風が通る縁側へじかに小雀を置くと、前の時と同じように笊を持ち出して来てかぶせた。飛び立つはずがない小雀ならば、笊をかぶせる必要は全くないのだが、そこは目を離した隙に野良猫に持って行かれるのは嫌だった。前の時とはちがって、雀達の挨拶は何処からもなかった。こっちが声を発しないのであるから当然といえば当然であったが、それが、生と死の区別のようにも思えて彼は改めてぴくりともしない小雀を眺めた。

彼は何処に埋葬するかを考えた。広いだけが取り柄の、とりとめのない屋敷であるから、埋葬の場所はいっぱいあった。彼は自分のために建てた五輪塔の脇を考えた。そこには確か懸巣《かけす》も一羽埋まっている。木苺に掛けたネットに潜り込んだ懸巣を捧切れで追い払おうとして、誤って打ってしまったのだ。そんなはずはないと彼は頭をひねったが、懸巣は生き返らなかった。人工的な衝撃に極端に弱い野鳥の習性とかがあるのかもしれず、彼には不可解な事故としか言いようがなかったが、いつまで経っても後味の悪い記憶が残った。

縁側に笊が伏せてあるものだから目敏く梢が見つけて話しかけてきた。

「又捕まえて来たの」

彼は黙っていた。

「死んじゃったの」

「いやそうじゃないんだ。いっぺん生き返ったんだ」

「又そんな出鱈目言って」

「出鱈目じゃない。本当なんだ――」

彼は先程の出来事を梢に話し、義父の死の時の梢の経験が嘘でなかったことがわかったと言った。

「えっ、そんなことあったっけ」

梢は素っ頓狂な声を上げると、あの時のことは、あらかた忘れてしまったと言った。

Jの終り方

J夫人から返信が来た。Jの死から二十日も経って送ることになった私の供花に対する礼状である。J夫人の名前を知らず、その時はご令室様として出したのだが、いかにも無作法で忸怩たる思いであった。

Jの死を誰も知らせて来なかった。彼の死は、直後に顔を出した知人の女性から、「ご承知だとは思いますが……」という書き出しで、彼女の用件のついでに知らせてくれたものであった。私は「ご承知」ではなかったから、文字通り言葉を失った。こんなことは、最近外にもあった。

Jはもう二年前の夏あたりから公の場所には姿を見せなくなっていた。私はこれを仕方のないことだと考えていた。今、公の場所、と書くのは、私が出るのはせいぜいで公の例会だけであったから、私的なものということになると知らないからであった。

私は彼の全部を知っているわけではなかったのだ。

彼は次第に、雑談をしている時でも、誰彼のなさけない所、あさましい所を未練がましく批判するようになった。そしてそれだけなら特別なことではなかったのだが、そこにそれ自体が低く見えるという気味が生じて来た。そうするとそれは私などには気になる所となり、彼の見識を疑うということになり、どうしても彼が依怙地であさましく見えるということになった。これは、後で考えると、彼の衰えであったのだが、その時は私の方で勝手に腹を立てたりした。

「おかしいではないですか。極め付けた、とか根拠のない言い掛かり、だとか言うのは。相手は知らなかったと言っているわけでしょう。そこから相手の推論の全誤りが来ている。それだけのことですよ。何も決め付けることを目的としたわけでも、言い掛かりを付けることを目的としたわけでもない。それをそんな風に読むというのは、読む方に問題がありませんか。読む方が相手をそんな風に極め付け、言い掛かりを付けたかったからだと疑われても仕方がないではないですか。妄想ですよ。私の妄想かもしれませんがね」

どうにも私はこうした議論は苦手であった。私は彼に私の妄想を持ち出してけりを付けたかったのだ。私は自分の妄想などつゆ信じたことがなかった。彼は退かなかった。帰宅して彼に同じ内容で長い手紙を書いた。彼からの返事はなかった。こうした例は、これまでにもないことはなく、彼は気に食わないと返事を寄越さなかった。

——故人は四月初旬、慢性硬膜下血腫の手術を受け、二カ月余りのリハビリを終え、八月下旬に退院し、以前頂戴致しました大吟醸をたのしみに飲むなど、家庭での生活を喜んでいました。

夫人の手紙は、こんなふうに書き出されていた。何も知らなかった私の気持を見据えたような、淡々とした経過の報告であった。これまでにも、Ｊの元気だった頃から、電話をする度に夫人の声に接していた。その彼女の声の調子と手紙の調子は同じであった。簡単に言えば、聡明な女人の調子がまぎれもなくそこにあった。

夫人の手紙で言う「硬膜下血腫の手術」というのは、頭に穴を空けて行う手術だということで、この頃では珍しくないのだということもわかったが、高齢者にしては小さくない手術である。Ｊは持ち前の豪胆で、「何、どうってことはねえさ。最悪の時は死ぬだけだろ」とうそぶいて手術に臨んだのにちがいなかった。彼には、いざという時になると、東京の下町の訛りが飛び出すことがあった。それが啖呵を切っているようにも聞こえた。

手紙の中に大吟醸が出て来た。夫人がこれを持ち出すのは、大吟醸を持って私が彼を見舞ったことがあったからであった。これについては、夫人にあらかじめ電話をし、そこで彼女との間でちょっとした押し問答があった。

「先日にしましても主人は失礼なことを申し上げていますし、状態が少しも変っておりませんのでお気持だけを戴いて、どうかご放念願いたく――」

夫人がここで言う「失礼なこと」というのは、私が前に電話した時彼がこう言ったことに関係している。丁度昼食に近い時間であった。

「俺今飯食ってんだ」

電話に出るなり彼がいきなりこう言ったのには私は度肝を抜かれた。こんなことはJにはなかったな、というのがその時の私の正直な感想であった。それは、飯の時間に何だ、という叱責にも聞こえ、くだらん話は後まわしにしてくれというふうにも聞こえた。それよりも何よりも、私が彼の飯と天秤にかけられたことに対する怒りがまず来た。彼が元来そうであったとはとうてい考えられない。元来そうであったということなら、彼の私に対する処遇はことごとく虚偽に満ちていたことになる。私は腹の虫が収まらず、そのことを思い出す度に苛々した。しかしそんな筈はなかった。夫人の電話の向こうの声にからみ付いた。

「私はこれが最後だと思ってるんです。こっちも年とってきて後がないもんですからね。それに、遠方ですから度々というわけにはいきません」

夫人は私のこの提案にはあっさり折れた。

私はJを引き出すのに何くれと面倒を厭わなかった知人の女性を思い出して、彼の家への案内を請うた。

「金沢は郊外でも細い道が迷路のようになっていますからね。わかりにくいです。いいですよ、私の運転でよければ」

彼女のこの言いまわしには理由があった。彼女の運転は、彼女の楚々とした風情とは真逆であるといった評判は、知る人ぞ知るものとして動かなかった。運転中に何度か「あっ、あっ」という叫びとも何ともわからぬ声を発するというのであるから、偶々同乗することになった客人は生きた心地がせず、ふらふらになって車から降り立つと、暫くはその場にしゃがみこむ仕儀となった。

しかし私はそんなことは言っていられなかった。有難く彼女の好意に甘えて軽自動車に乗せて貰い、金沢郊外のJの家まで連れて行って貰ったのである。そして、タクシーなんかではとうてい見込みがなかっただろうことを実感して改めて彼女に感謝したのである。

玄関に柴犬が居た。犬は昏々と眠りこけていた。そのように私には見えた。というのは、私はどんな場合でも犬に吠えられた経験を持つからである。犬を現に飼っている男が、どんなに足音をしのばせても隣家の犬に吠えられるのだと困惑している話をしてくれたことがあったが、私は特に犬に弱かった。しかし此の家の犬は目覚める気配などさらさらなかった。私はこうした犬を見たことがなかった。

初対面の夫人から挨拶を受けて何となく私がひるむことになったのは、ああこの夫人こそ、亭主と徒党を組んで飲み歩いた相棒として、亭主の口から私の名前が出る度に眉を顰めたことのあった女人なのだという畏懼からであった。飲み助の亭主を誇る夫人はいない。ましてその相棒となると、亭主よりさらにコンマもポイントも低い。

私は緊張しながら大吟醸を捧げ持って細い廊下をしずしずと歩き、突き当たりの和室に通された。夫人が一旦退室し、間もなく夫人に支えられてJが現れた。

「おう、おう」

小柄ではあったが、彼の声量は人の三倍はあった。ただ彼が部屋の入口に現れて、部屋の真ん中に置かれている座卓まで辿り着くまでに時間がかかった。彼の歩行はせいぜい一センチずつしか進まなかった。それを彼女と私は凝っと見ていた。

「横から支えましても、歩幅が延びたり、速くなったりはしないものですから、本人に任せているのですよ」

夫人は私達の疑問に答えるかのようにそう言った。

「いやあ、参っちゃった。この体たらくだよ。何しろ監視付きだからね。まあ猪口一杯だな」

これについては日課としての犬との散歩と共に彼の手紙の埋め草になっていたので

私は驚かなかった。ただその時よりかなり時間が経っている。しかもこんな時に何故猪口一杯が出てくるのかは私にわからなかった。

「本は読みませんね。新聞は二紙に目を通します。これは変りません。今日はせっかくのことですから、お二人にご希望の本を持って帰ってもらいたいと思いましてね。主人と話していたところなんですよ。もう本は必要がないわけですから」

私達は、玄関を入ってすぐの中二階とおぼしき部屋に本が雑然とうず高く積み上げられているのを目撃していた。それは、これまでにどんな場所といえども、そうした珍しい光景を目の当たりにしたことはなかった。その部屋へは廊下から短かい階段がついていて階段の両側には手摺りが付いていた。

いずれにしても、本の蒐集家としても第一級であったJが、収蔵本を手放すというのであるから余程のことである。それ自体観念的な執着の放棄ともとれる。何もかも要らぬということであれば、一種の身辺整理ではないかとも思われ、そうなってくると、さあ持って帰れと言われても私は気がすすまなかった。

私達は夫人の先導で中二階へ案内された。Jはゆっくりゆっくり、少しずつ歩幅を進めて私達の後からついて来る。

中二階へ着くと、これが四囲の壁にびっしりと本棚がセットされている大きな部屋であることが判明した。

「応接間です」

夫人はそう言った。

私達は呆気にとられて思わず顔を見合わせたのである。部屋の真ん中には先に見た本の堆積がもっとスケールの大きさで山のようになっていたし、山はどう考えても、本棚から抜いては投げ抜いては投げしてうず高くなっていったものと思われ、初めから目を瞑って処理する心算があった。この形状では本を探すことができないばかりか、どんな本であるかを見るためには、とにかく並べ直してみなければならなかった。私達はその労力を思っただけでも、本を持ち帰ることなど断念せざるを得なかった。

中二階からの退出はJが先頭に立った。そのために歩行は遅々としてはかどらなかった。先を行くJに夫人が声を掛ける。

「戴き物のウイスキーがそのままになっていますけれど、お土産に差し上げてもようござんすか」

Ｊは昔からしっかりとした受け答えをするし、人が居れば饒舌家となる。Ｊのまわりで喝采が起こる。しかしＪは、夫人の呼びかけに返事をしなかった。私は夫人の後ろからＪを盗み見した。Ｊの細い項がいっそう頑なに見えた。

「ＯＫが出ませんね」

夫人は私達にも聞こえるようにそう言った。

部屋に戻る途中で、夫人は廊下の横合いの本箱から一冊の本を抜き出すと、「お持ち帰り下さい」と言って私にくれた。

『現代詩人集Ｉ』というその本は、昭和十五年に山雅房という版元から出版されていた。昭和十五年といえば、私の生まれた年であり、夫人は知らなかったにしても、この偶然の一致に有難く頂戴した。トップバッターの小野十三郎の詩篇には、小野の水も滴るような近影が刷り込まれてあった。

夫人が特にこの本を何故私にくれようとしたのかはわからない。私が詩を書いていた時があったから、もうそれは三十年程も前にぷっつり切れてしまうのだが、Ｊの口の端に上ることがあったりして、夫人の記憶にとどめられていたのかもしれなかった。集中、中野重治の項では、「浦島太郎」というたったの八行詩が表題として掲げられているのも珍しかった。ついでに見てしまうと、小野十三郎は「今日の羊歯」、吉田一穂は「海市」、高橋新吉は「戯言集」、金子光晴は「落下傘」、山之口貘は「結婚」、という構成であった。Ｊはこれを渋谷の古書店で買ったことが、見返しの遊びに貼ってあったシールから推測された。

廊下は細いながらによく計算されていて、和室にも、その和室の隣のちらりと見えたリクライニングベッドのあるＪの寝室にも、プライバシーが守られるようにちゃんとなっていた。和室は小さなよく手入れされた庭に面していた。庭の向こうにはＪの書斎があった。この書斎は、中二階の応接間から見下ろすことができた。天井無しの吹き抜けだったのである。大工がこんな図面を引くはずがない。これはどう考えてもＪの意向に添ったものである。何故ここにだけログハウス風の感じを採用したのかは彼に聞いてみなければわからない。

私はログハウス風には直接触れずに夫人に質問をした。彼女の答えは意外なものであった。

「いいえ、この家は建て売りですよ」

私は頭を振った。するとすかさず私に続いていた知人が背中を突ついた。振り返ると彼女も微笑みながら頭を振っている。

私にもこんな経験があった。建築会社が競合して建て売り住宅を売り出し、格安であったので即手を打った。しかし建て売りには不要な設計がまま有り、私は真っ先に仏壇の場所を洋服箪笥に切り替えて観音開きの戸を入れてもらった。冗談じゃない。田舎の家には、ちょっとした道場並の仏壇がある。仏壇は二つも要らない。建築会社の言い分は、二世帯が住むとなると、狭いながらも仏壇こそ年寄りの拠り所となるので、これをセールスポイントとして押し出すことにしている由であった。それから、居間を書斎兼応接間にして台所との仕切りに引き戸を入れ、窓のない壁には天井まで備え付けの頑丈な棚を作ってもらった。本と焼き物の棚である。右の二つは内装にかかる前に変更したので問題はなく、建築会社も買い手が付いてからの変更であったために片意地を張るようなことはなかった。

しかしこれなどは建築物の基本的変更にかかわることではない。ちょっとした修正である。大体モデルハウスとして売り出した家は狭い敷地を上手に生かして合理的に設計されている。無駄がない。そのために見た目にも美しい。こんなことは、友人の家やら、近所の家やらの出来にいくらかの関心を払っていればわかることだ。これだけはどうしても、と言って施主が家のお披露目の時に自慢して見せる当のものは、案外感心しないものが多い。その当のもののために、周囲が壊れてしまっている。そうなると、素人が図面を引くなどは極力避けた方がいいに決まっている。

Jを先頭に、私達がよっこらしょといった感じで和室に辿り着いた時は、もう皆んな相当に草臥れていた。私は、Jには地下書庫があるということを聞いていたので質問した。

夫人がJの方を向いた。

「とてもとてもご案内できるものではありません」

Jはそう答えた。

「黴ですか」

「黴なんてもんじゃない」

Jは吐き捨てるように言った。

それは、自分の所業の結果ではあるが、自分の所業として断じて認めることができないといった口吻に聞こえた。

四十分ほどいて、私達はJの家を辞去した。

玄関に例の柴犬がいた。状態は変っていなかった。私は眠りこけている犬の頭を撫でてやろうかなと考えたが、思い直してやめた。油断がならないからである。しかし私はJの状態に柴犬を重ねないわけにはいかなかった。私には柴犬がどう考えても異常な状態にあるとしか思えなかった。Jの気息が乗り移っている感じなのである。前脚を立てて眠りこけている柴犬を一目見ただけで、人は犬好きでなくても振り返るだろうと思われた。

夫人は車庫の前まで来て、しっかり降ろされている車二台分のシャッターを開けて見せてくれた。車庫の三方の壁は本棚になっていて、本がぎっしり詰め込まれていた。ここまでくると壮観というしかなかった。夫人は呆れたとも何ともいえぬ表情で苦笑いを作って見せた。

夫人の手紙の続き。

九月三十日の夜中に突然高熱を出し緊急入院し、肺炎の恐れありということで一週間絶食を強いられ、急に体力が低下して歩行困難になりました。十月上旬に退院しましたが体力の回復はかないませんでした。それでも最後まで三度の食事を美味しいと言って自分で食べていました。十二月三日の朝食まで食べていましたが、昼食には手がつけられず、夕方駆けつけた娘の手を握り、息子に励まされながら、本当に静かに息を引き取りました。最後まで生きる望みを失わず、リハビリに励んでいたのに残念なことでした。——

夫人の手紙はまだ続くのであるが、私はぽたぽたと涙をこぼしながらここまでを繰り返し読んだ。私は夫人に感謝した。Jの最期がよく解ったのである。手紙には、私の知りたかったこと全部が出ていた。あたかも私の質問に答えるかのように。こんなことがあるのだろうか。夫人のJを追う呼吸が私の呼吸でもあったのだ。これは、Jに関する限り、夫人と私の呼吸が一致していたということになりはしないか。

特にJが、最後まで生きようとして、リハビリに励んでいたというのは、私を充分に納得させるものであった。「もういいよ」では断じてなかったのだ。人は最期に二通りの判断をする。一つはあくまで生きる。一つは「もういいよ」だ。Jが選んだのは前者である。愚直といえば愚直、正直といえば正直な選択である。とことん真面目であった彼の選択にふさわしい。しかもそこには弱者のかけらもない。

私は自分の最終的な選択としてどうだということを考えた。私は後者かもしれない。現に今の段階でも後者に傾くことがある。不思議なことではあるが、この私の選択には一貫性がなかった。今日の選択が明日につながらないのである。もうそうなってくると、死ぬのは絶対ご免だということになる。そのうち、この二者選択に一貫性がないことについてはバイオリズムがあるらしいことに気付いた。しかもこのリズムはいつも長期的であるとは限らず、一日のうちでも変化することがわかった。これを躁と鬱に分けて考えたこともあったが、どちらの発現が躁で鬱なのか厳密にはわからなかった。

いずれにしてもJは最後まで生きようとした。その望みは死によって断たれた。彼が死を迎えたのではなかった。死が向こうからやって来たのである。

知人にはすぐに電話で不満を言った。彼女は電話の向こうで言う。

「だってあの日は猛烈な吹雪だったんですもの。野っ原で電車が何時間も止まったりして。私にしても五日の新聞のおくやみ欄を見て初めて知ったのですから慌てましたよ。慌てましたが家を出ることもできず。お通夜にどうして行こうかと、そればっかり考えていました。人様へのお知らせなどとてもとても。お知らせしたところで、仮にお見えになっても吹雪で立ち往生ではとんでもないことになりますからね。後から考えればお電話ぐらいは差し上げることができたと思っています。そうすれば電報という手もありますからね。何しろ気が動顚してしまって、なにから手をつけていいのかわからなくなってしまったんです」

彼女からは手紙も来た。手紙は電話のやりとりと変っていなかった。時間的な経過があり、会から弔電を打つことができたことは一先ずよかった、といったふうな落着きも行間に垣間見ることができ、それなりの結着をつけたというものであった。彼女は自分の軽自動車にJを乗せ、いたる所へ運んだ。そのせいもあって、Jをよく知る人は、Jより先に彼女の赤色の軽自動車を探してJの所在を確かめた。Jは彼女の運転にけちを付けなかったばかりか、「いやあ神術だよ」と言ってすました顔をした。これは、同じ彼女の車に便乗したことのある常連の感想とは著しく異なるものであった。

Jにはけろっとして抜けたような所があった。彼が言う神術説は、お世辞でも何でもなかったのである。

一番遅れて手紙を寄越した男は、Jとずっと行動を共にして来た経歴を持っていた。彼もJの死を知らず、初七日を過ぎてからJ家を弔問し、夫人に会っていた。彼の手紙の最初の数行は私の心に沁みるものであった。

「Jさんが亡くなられて、私は一昨年の夏、例会でJさんに話してもらった時以来、とうとうお会いできずしまいでした。少しずつJさんの不在の状態に、Jさん自身によって慣らされてきたのかなと愚考しています。あなたは、後から考えて、思い切ってJさんを訪ねられてよかったですね――」

ここには二つのことがあった。一つは、J不在の状態に、J自身によって慣らされてきたのかな、と感想する部分である。Ｊは、或る時期から会へ顔を出さなくなった。忘年会ぐらいは参加したらどうかということで、古い会員が使者として派遣されたりしたのだが、Ｊは首をたてに振らなかった。その理由が又おそろしく幼稚なもので、とても人様に紹介できるようなものではないというのが使者の弁であった。そんなわけで、Ｊは会とも、会員の誰とも疎遠になっていった。まさにこのことが、手紙で言うところの、Ｊの不在に慣らされることであったというのだ。つまりＪは既にこの世にいないものとして処理されてきた。そのための会の運営も当然ちがってくる。これをＪの手柄とする。

私は手紙をそのように読んだ。ことがらをこんなふうに理解する人達が多くなると、世の中もっとよくなるにちがいないのだが、等と要らぬことを考えたりもした。

もう一つのことは、私に関することで、生前にＪを訪ねてよかったと書いていることについてであった。そこで彼は「後から考えて」と書いていた。そうすると彼は、Ｊの死をもっと先に置いていたふしがあった。彼にしてみれば、Ｊを訪問することなど縁起でもなかったのである。

私の感想はちょっと違っていた。Jがもっと生きようと、私の訪問のその日に仆れようと大した問題ではなかった。元気なうちに、一度だけ会っておきたい。既にJは元気ではなかったのであるから、この言い方はこのままでは矛盾しているのだが、それも問題ではなかった。私が一度だけJに会っておきたいと考えるのは、もっぱら私の後悔に関するからであった。私は後悔するのは嫌だった。私にまだまだ残された時間があるのであれば、今後何度か後悔することがあってもかまわないと思った。それがどう考えても保証されていないとなれば、お互いさまということにもなるが、後悔を引きずったままでアウトになるのは嫌だった。

男の手紙は最後にJの蔵書の処分について触れていた。蔵書は、Jが一時退院して状態が良かった時、旧知の古書店に渡すことを決めていたこと。Jの蔵書であってみれば、それはそれでよかったわけであるが、ビジネスの対象として市場に出廻るのは耐えられないという次第であった。

私は彼に同情した。そんなふうにすれば、何処かにJ文庫として納まるよりははるかに利用価値があるのだという考え方があるが、市場に出て好事家の手に渡ればそれっきりになるおそれがある。それよりはまだJ文庫の方がましかもしれない。しかし何処がJ文庫として引き取ってくれるか。「書痴」という言葉を私は知らなかったが、彼は、書痴の面もあるJの蔵書は古書店主の垂涎の的であるだろう、と書いていて口惜しさを滲ませていた。こんなふうにして、Jのことで、私は都合四人の関係者から手紙を貰った。わけても夫人からのものは、私の気持をひどくゆさぶるものであった。夫人に、手紙を書くことで、何かを飾ろうとか考えることがあったら、あれほどの美しい手紙にはなるまいと思った。

私には一つの疑問があった。人は何故死者にさよならを言うのだろう。どんなやんちゃな人であっても、「それでは、○○さんお元気で」であったのだ。死の先には何もない、再び死者とまみえることができないからさよならを言う。しかし自分の死は経験できないから、さよならがいつまでなのかは曖昧だ。どうも人は、死後の世界を信じていない。それはないと思っている。

私はこんなことも考えた。死者は思い出の中に生きる。だから、死者を思う人の命が尽きるまでは、彼の中で生きている。こんなことは普通に言われていることだ。J

夫人の場合はどうだろう。彼女の中ではまだ彼が死んでいないのではないか。というより、彼はまだ普通に、これまでと同じように生きているのではないか。そういうことであれば、何も特別なことではない。夫婦であっても、二十四時間一緒に住んでいて、一言も言葉を交さないことがあるではないか。食事をしていても、テレビを観ていても。それで不都合なことは何もない。何十年も夫婦でいれば、話をしなくてもわかっているのだ。

私は義母のことを思い出していた。義母は一回り義父より年少であったが、この夫婦は人も羨むほど仲がよかった。父親が母親に対して大声を上げるのを子供達は一度も聞いたことがなかった。

ただ面白いことがあった。田舎家に十八で来た娘は、数ある男衆の中で、一番若くてハンサムであった男がてっきり自分の夫になる男であるだろうと信じて疑わなかった。娘は角隠しの下から、伏し目のまま自分の夫を探していたのである。娘が探し当てた男は夫になる男ではなかった。彼は夫の弟であった。こうした笑い話を子供達は何度も聞かされたが、子供達はこの話に飽きることはなかった。

盂蘭盆などに限らず、義母が仏壇の前に座ってぶつぶつ言っているのを聞くことがあった。何やら語りかけているのである。語りかけているだけではなかった。

「――もっとちゃんと言って下さらんと分からんがいね。ああ、ああ、そういうこと。わかりました、そうしたらそういうふうにします。わたしは又年忌のこともあるし、あれは、ほら、早くやるのはかまわんというでしょう――」

義母の語りかけには、相手の話も合いの手もちゃんと入っていた。一方的な報告だけではないのである。これは、死者を思い出の中に置くというのとは私にちがって見えた。死者は日常的にまだ生きているのである。彼が生きている時そうであったように。

J夫人の手紙では、Jは二〇一四年十二月三日の夕刻に息を引き取っている。私は四日の新聞二紙をどうにか手に入れてきょろきょろしながら読み始めた。

二紙共に気象について触れていた。三日は冬型の気圧配置が強まり、気象庁の観測地点九八地点で最高気温が零下の真冬日となった。日本列島の広い範囲にわたり、上空五千メートル付近で零下三十度以下の寒気が流れ込み、西日本各地もこの冬一番の

寒さを記録した。金沢では、午前中の最低気温二・二度など今季最低を記録した。J

R西日本は午前中出発の特急十六本を運休した。

もちろん、これらのどんな気象記事中にも、Jの死がとどめられているわけがなかった。そんなことはわかっていた。ただヒントはあった。気象の激変があったことが、これだけの記事でも明らかであった。病人は多分耐えられなかったのである。季節の変り目とはよく言ったものだ。いくら厳冬であっても、厳冬に慣れてしまえば、又暫くは持つ。

Jは気象の激変について行けなかった。私は彼の一センチずつの歩行を重ねて思い起こさずにはいられなかった。あれでは無理だ。

「オレはね、或る日、オレの家に白黒の幕が張られてね、忌中の貼り紙が出ていた時、ああ一人の老人が死んだんだな、と思って貰えればそれでいいと思ってんだ」

Jが何かの折にそう言ったことがあったことも、私は思い出していた。

505号室

1

「５０５へ行きたいんだけどいいかい」

「いいよ」

「迷惑にならないかな」

「少し」

これがユリとの電話の応答である。５０５というのは５０５号室のこと。ユリ達のハイツの部屋番号である。ハイツ五階の角部屋である。

ユリは余分なことは喋らなくなった。しっかりと目的意識を持って電話しないと、

「何か用なの？」と来る。そのくせ妻が５０５に泊ることがわかると、嬉しくてたまらないらしい。行くとすぐに聞くのが、「いくつ泊るの？」ということであったし、二泊もすることを約束しようものなら、「やったあ、やったあ」と言って部屋中を跳ね廻るらしい。

私はたまに５０５へ行く。行っても私が泊るのは近くのホテルだ。朝食は妻がユリと連れ立ってホテルへ食べに来る。

娘の亭主に出張があると、娘から妻に要請が来る。術後はこれが多くなった。今はそうでもない。娘もいろいろと外に出る。合唱団の練習にピアノを頼まれる。こんなのは休日ということになるが、亭主に休日出勤でもあると、ユリは一人ぼっちになるから妻に留守番の要請が来る。妻が二つ返事で出掛ける。彼女もユリに会えるのが嬉しくてたまらないらしい。

亭主が出張で、妻も都合がつかない時があった。娘はいらないと言っていたが私は出掛けた。終日５０５にいた。何かと娘と話すことになったのはこれが初めてである。

術後に一回だけ娘に怒るように言ったことがある。

「気分転換したいと思ったらいつでも電話して来いよ。夏休みとか何とかということであれば、ユリは義父母にあずけることができる。あの人達は待ってましたとばかり、ユリの面倒を見て下さる。亭主にしたところで、たまには女房の居ない日があることがどんなに気楽なことか。食い物飲み物の制限なし。時間の制限なし。いいことずくめではないか。二週間も三週間もということになるとちょっときついかもしれないが、一週間家を空けるのぐらいはどうということはない。軽井沢へ行って昼寝でもして来よう。飛鳥IIに乗った時は一日中寝ていた。何もすることがなければ一日中でも寝ていられるもんだ」

娘は「わかったよ」と言った。しかしこれについての要請はなかった。娘が学生時代、沓掛の上の原あたりの山荘を二人して虱潰しに訪ね歩いたことがあった。これは昼寝どころではなかった。

505の玄関前通路からは環水公園を一望することができた。ハイツの片側通路の真下には、日によって流れているのかいないのかわからない川があった。それは、川が流れているのかいないのか浮いている藁しべの動くのでそれとわかる、といった誰かの詩句を私に想起させ、川の浮遊物を探したりすることがあった。
環水公園は505一家の恰好の遊び場となった。図書館もあった。雨の日も、雪の日も505母子には行く所があった。スターバックスもあり、ちょっと贅沢する気があれば、フランス料理店でランチをすることができた。物怖じしないユリは、フランス料理店では店員に覚えられていて何かと親切にしてもらった。

「公園に行こうか」

ユリは本を読んでいる。本の中味は私は知らない。とにかくユリは、借りて来た本などは片っ端から読んでしまうまで次の行動に移らぬらしい。だから多分私の誘いは聞いていない。顔は上げた。

側のテーブルに印刷物が置いてある。一枚目は「回覧」。「みどりの愛護デー」にご臨席の皇太子の行啓に係る奉送迎については、奉送迎場所に限ること。そこで小旗（日の丸）を配布する。この通知の問い合わせ先は公園緑地課。行啓の主目的が植樹祭にあるからか。

印刷物の二枚目は大きな文字で「お知らせ」とあり、左上は「入居者各位」。右下は「ハイツ管理会社」。

環水公園の植樹祭に皇太子殿下が行啓されるにつき、「式典開催中の午前九時から午後三時までの間、各階通路等から環水公園を見下ろしたり観覧するのは非常に目立ちますし、転落等危険防止のため、自粛していただきたくお願い申し上げます」「また、当日は非常時以外、非常階段の使用を控えさせていただきますよう合わせてお願い申し上げます」とある。

印刷物の三枚目。

三枚目は左上に「入居者各位」と重要のゴム印。右下は「ハイツ管理者」で、県警警備課からの要請を知らせるもの、となっている。

①ハイツ環水公園側非常階段の非常時以外の使用中止。

②各室玄関前通路に立ち止まり、環水公園を見下ろす行為は極力控える。

③居室内、ベランダ等からの奉送迎はご遠慮いただき、指定の奉送迎場所にてお迎え、お見送りをお願いします。

以上三枚とも出所はばらばら。三枚目で新たに追加されたものは特になし。これは一枚目と二枚目の骨子を纏めたもの。それと二枚目にあった各階通路から環水公園を見下ろしたりすることは「非常に目立つ」し、「転落等危険防止のため」いけないとあったのが消えて、環水公園を「見下ろす」のは控えてくれだけになったこと。

５０５の玄関前通路から環水公園を眺めるのは、一つは水辺に憩う森羅万象に接するためである。この通路は、冬は吹き曝しになるが、夏には玄関のドアを少し開けておくだけでそよ風が入る。部屋によっては、通路側の窓を開けて簾を下ろしているのがある。まさに通路はハイツの目玉なのだ。

二枚目にあったところの「非常に目立ちますし」は、公園から何度もハイツを眺めたことがある者にとっては現実的ではない。通路を通る人の姿など、子供の場合であれば下からは絶対見えない。「転落等危険防止のため」も、通路を一度でも通ったことがある者にとっては滑稽な観測だ。

ここまで来て、これら通知は二枚とも五月吉日発信になっているが、箇条書の方が後に来たものと考えられた。箇条書では、「目立つ」が消えた。さすがに、「見下ろす」ことがいけない理由として、理由になっていないと考えられたのだろう。

「どっちが先だったかなあ。しっかり読んでないからわからないよ。ただ通路は通るからね。その時公園見るなと言われても無理だわ。その方がかえっておかしいでしょう。ユリなんか藪睨みになるよ。それに公園の手前には樫の木がいっぱいあるから、中で何をしていようが見えるはずがないのにね」

これが娘の感想である。

たしかに、こんなものを問題にしているのは私だけかもしれない。「見下ろす」のは控えてくれと通知は言う。理由は「目立つ」からであると言う。それなら、「目立つ」のが何故いけないのかについては触れる必要があるだろう。

こんなことを娘に言っても仕方がないように思う。第一にややこしい。どうでもいいように聞こえる。娘を捕まえに来るという話でもない。

「骨董市があったっけ」

「うん、ある」

「連れてってよ」

「何でも帽子にカンテラ付けて行くっていうよ」

「まさか」

「早い人は三時だって。それ位早く行かないといいものは売れて無くなってしまうんだって」

「そんなの昔話だろ。伝説じゃないのか」

「彼、そう言ってたよ」

「婿殿は行ったことがあるのかな」

「ない。嫌いだもの」

「へえ、嫌いか」

そう言ってみて、私は彼が改めて骨董に興味がないことを確認したような気分になった。こういったタイプは途中から好きになるということはない。初めから懸隔があるのだ。住む世界がちがうというのか、母親も父親もちがうというのか。

「ちゃんと作ってるのか」

「何を」

「料理だよ。婿殿の好きなもの」

「彼の好きなものばかり作っていたら大変だよ。糖尿だよ。お姑さん栄養士だしね。もううるさいうるさい。あたしも頑張ってダイエットしたら病気になっちゃった」

「婿殿は毎日弁当かい」

「ずっとそうだったんだけど、この頃食べる暇がないから要らないって言うのよ」

「それ逆じゃないの。暇がないからおにぎりにしてくれとか」

「そうかなあ。売店で何か買って食べてるみたいよ。ほら病院の先生よく売店をうろうろしてるじゃない」

「あれは独身だきっと」

「あたしは外で食べるの位は自由にした方がいいと思ってるよ。そうしないと息がつまるもの」

私は少し呆れたが、感心もした。

ユリが本を読むのをやめた。

「小さなユリと」というのがあったなあと私は思い起こしながら、しかしあれは、ユリと若い若い父親の物語だと考えた。

私はユリの小さな手を引いて公園へ出ることにした。夕食前の一時である。

運河の両岸はボードウォークになっている。対岸のスターバックスの方はそうでもないのだが、私がユリとちょこんと座っている此岸のベンチの前はさかんに人が通る。男も女も、圧倒的に多い老若のカップルも、滅多に子供はいないがたまに小学生の兄弟と父親も、皆んな愉快そうな表情で私達の前を通り過ぎる。スターバックスの明りが次第に輝きを増して来る。客が店の外に溢れている。そこだけがきらきらしている。芝生にてんでに横になったりしている人達の姿が目立つ。

此岸のボードウォークを老カップルが通過して行く。歩き方がおぼつかない。後ろからついていく老女の方はそうでもないが、亭主の方はかなりよれよれだ。心配である。見ると、ユリも彼等の後ろ姿を追って顔を向けている。彼等がこのまま進むと運河に架かる天門橋にたどり着く。

「そうか、天門橋にはエレベーターがあるんだったね」

ユリが私の方を向いて大きくこっくりをした。

2

二〇〇五年十二月七日のオヘア国際空港は朝から猛烈な吹雪に見舞われていた。私と妻が簡単に入国手続きをすませ、到着ロビーで娘夫婦と出会うのに大した時間はかからなかった。私達がロビーに入り、娘達が駐車場からロビーに入って来た時とが同時であったために、私達は丁度吹き曝しの中を通ってきたユリと対面することになった。

ユリはケープを重ね着した上に、フード付マントを深々とかぶってベビーカーに埋め込まれていた。ベビーカーを押しているのは娘の亭主であり、彼はユリの顔を覆っていたフードを取るとこう言った。

「コンニチハ」

ユリとは私は初対面であった。

一瞬ユリは泣き顔になった。わかるのだ。色白の皮膚、切れ長の濃い眉。いずれも娘とちがう容貌のユリが私を拒んでいる。

私は北京で買って被ってきたぼけぼけの毛皮帽を思わず脱いだ。誰が見ても頭でっかちでへんちくりんで不均合だ。ユリはこれに拒否反応を来たしたのだろう。しかしこのことは、私のシカゴ滞在中ずっと気になるところとなった。八月生まれのユリにどうしてそんなことがわかるのか。ユリは零歳、まだ四カ月しか経っていない。

私達が宿泊したホテルは、ミシガン通りからウォルトン通りへ入ってすぐの所にあるドレークホテルであった。このホテルは一九二〇年創業ということでシカゴと共に歩んできた。その風格のようなものを私は早朝散歩の時に毎日目撃することになる。

ドレークホテルは、もくもく、もくもくと白い湯煙を吹き上げていた。この湯煙は、いかにも原始的という感じで私の目に映った。というのは近在に早朝から湯煙を上げているホテルなど何処にもなかったからである。今ここに湯煙と書くのだが、そのもくもくと上がる蒸気のようなものは、おそらくホテルの暖房に関係する設備から吐き出されているものの如く私には思われた。ドレークホテルは創業以来のままで来たために、暖房なども蒸気を使うスチームヒーターになっているのである。それは私に今だに走っている蒸気機関車を思い出させたし、煙突が四本もある豪華客船の姿体を思い出させた。

ドレークホテルは、もくもく、もくもくと湯煙を上げていた。こんなふうに早朝から単独で懸命に気を吐いて生きている様子は、さまざまな人間関係と集団の中で、正直と愚直を押し出して働き続けている人の姿とダブって見えた。それは私にどっと愛着を覚えさせるものとなった。

ミシガン通りはミシガン湖から吹きつける烈風に曝されていた。雪が降っていたわけではなかったが、歩道のわきに粉のような雪が一面に積もって、折からの朝日を受けてキラキラと光り輝いていた。私は歩道わきの雪を両掌に掬ってみた。雪は指の間から吹き飛んでしまいそうな加減で、ふんわりと僅かにかたちをなしていた。私はこんな雪を知らないわけではなかった。二月頃になって、凍て付くような晴れた日などにこんな粉雪が降ることがあった。降るというより舞うといった感じで空から下りてくるのである。しかしそんな雪が大量に積もることはなかった。

ミシガン通りの粉雪は歩道わきに深々と積もっていた。それがキラキラと輝いている。何かに譬えてみたいと思うのだがうまくない。雪はさらさらとしたものではない。粉というよりもっと微細な粒子の雪。

とその時、一羽の雀が歩道脇の雪の上に降りて来てまろび始めた。まさに私の手の届きそうな所である。まろぶというか、雪浴びというか。その雪の塊のようなものがすぐ近くをせわしなく雪をはねながら移動する。私の手が今にも飛び出しそうになる。私は雀について行く。雀は雪にまぶれて真っ白になっている。私はこんなふうにして雪と遊ぶ雀を見たことがなかった。私はほとんどあっあっと声を上げそうになりながら雀について行く。どの位の間だっただろう。雀は一瞬雪の中でぴたりと動きを止めると、パッと飛び発って行って見えなくなった。私は呆気に取られてその一瞬を見ていた。

砂浴びをする動物がいる。水浴びをする鳥がいる。そんなことは私も知らないわけではなかった。しかし雪浴びをする鳥というのは知らない。

私はふと変なことを考えた。雀はユリではなかったのだろうか。ユリはオヘア空港で私を認めるなり泣き顔になった。これのお詫びというか、執り成しのつもりがあったのではないだろうか。

　雀が飛び発って行った地点のすぐそこにジョン・ハンコックセンターがあり、地階のクリスマスツリーがどんなに巨大であるか、それを案内するために雀が目立った行動を取ったのではなかったのか。とにかくあれよあれよという間にジョン・ハンコックセンター前まで私を連れてくること。そうすれば、地階のツリーを一目見ただけで、シカゴに来てよかったということになるにちがいない。私は最早雀がユリであったことを疑うわけにはいかなかった。

　ドレークホテルの玄関を入った所にもクリスマスツリーがあった。それはいかにも伝統的な雰囲気で、毎年同じ人形を展示するお雛様を私に思い出させた。樅の木には、色とりどりのグラスボールや、蹴鞠のような薬玉、サンタのぬいぐるみや、ジンジャークッキーや、白い鳩や、金のベルや、キャンディケーンやらが雑然と括り付けられていた。その色彩はいかにも燻っている感じで、これまでに少しずつ追加して来たのはよかったが、古いものを捨て切れずに来たために収拾がつかなくなってしまったことが考えられた。どうにも若向きのツリーの感じはしなかった。思い出のツリーということであれば、それはそれとしてあっていいと思われた。

その点、ジョン・ハンコックのツリーは、緑や青や赤や黄色の四色が目に染みる程強烈な光沢を放っていた。現役のシカゴ、生身のシカゴという印象を強く受けた。

シカゴの電飾は全て銀色の光を放っていた。それは一面の銀世界とどんな違和感もなかった。何だかシカゴがつつましく感じられた。感覚的にも、何処と較べたわけではなかったが、ずっと古くて上品に見えた。

ユリとその母親は、毎日私達をマンションに招待してくれた。そして昼食は必ず一緒に摂った。研究所勤務の亭主は、日曜日にしか私達と接点がなかったが、車に一家を積み込んで遠出をした。妻は娘の出産後一カ月もシカゴにいたので、義母と婿殿との関係でもお互いに遠慮がなく、支障は何もなかった。ただ妻はシカゴ滞在中、午前中は娘達の世話、午後は自分のための外出と決めていたので、シカゴについては婿殿より詳しくなった。何処に本屋があり、その本屋の何処にコーヒーショップがある等ということまでよく知っていた。

シカゴはホリデーシーズンに入っていた。何処へ行ってもクリスマスの買い物を抱えた人達で街は溢れていた。買い物に興味がない私は一人街にとり残されて、ぼそぼそと唄を口ずさみながらその辺を歩き、彼等がデパートから出て来るのを待つ仕儀となる。

〈ロイド眼鏡に燕尾服／泣いたら燕が笑うだろ／涙見せずに空を見る／サンドイッチマン／サンドイッチマン／おいらは町のおどけ者／涙見せずに今日も行く〉

何故か昔身近にあったことのある流行歌だ。こんなものがひょいと口をついて出る。何もシカゴまで来て、とは思うものの、身体が求めているかの如くである。街が流れている。人や物が流れている。それで自然と私も流れたくなったのかもしれない。

娘は出産前に独自で会話に不足しない程度の英語を習得した。音楽を通して、アマチュア演奏家を支援する協会でボランティアをした。どちらかというと、研究所とマンションを往復するだけになる亭主の生活を黙視するだけでは満足できなくなったからであった。アメリカの研究所へ留学する亭主夫人の動向や噂はいやでも娘の耳に入って来ていた。それらはいいものではなかった。大抵は閉じ籠もりになっていた。そしてその原因の大半は亭主にあった。彼は自分のことで精いっぱいで女房にかまっていられないのである。そのうち彼もおかしくなる。

娘はそうなったらおしまいだと思った。さいわい人前に立つことには自信がある。大学の合唱部でパートリーダーをやった。娘はドアをこじ開けるようにして何処へでも出て行った。協会のボランティアを通して、メアリーとアンナに出会う。二人に子供はいないが出産についてはいろんな助言を受けた。こんな次第で、娘はシカゴの市民ともかかわりを持った。そのために、それまで何やかやとつき合いのあった研究者の夫人とのかかわりだけが至上のものではなくなっていった。自家用車の事故処理とか、リサイクルとか、転居とか、そんなことよりもっとましなことがあるだろう。

娘夫婦はシカゴに三年滞在して引き揚げて来た。この間転居が一回。研究所の近くに移ったということである。前任者に貰ったという気に入りのベッドは船荷にして持ち帰った。

3

娘の病室には、亭主、ユリ、それに私の妻が詰めていた。娘に癌が見つかり明日手術である。本人は痼りを気にして、目と鼻の先にある日赤で診察を受けたのであったが、結果は、痼りとは反対側の部位に癌があるというものであった。癌はごく初期。手術の好機である。

ここまでのことを、娘はすらすらと運んだのではなかった。内科医の亭主の意見を聞きながら、自分もネットで調べながら、かつ友人夫婦の意見を聞きながら、ようやくにして結論を出すに至ったというのが本当のところであった。私の所へ切れ切れにしか入って来ない情報は、いかに「パパ心配しないで」というものであっても、それが彼女の奥処からのものであることがわかっているだけに私を苛つかせた。

「パパ心配しないで。自分も納得したいから、考えながらやってるの。まかせて下さいと言われても困るしね。そんなふうに言われたことはないけれど、自分のことだからね。専門的な知識にしても何にしても、とことん納得してみたいわけよ。変なことないでしょう。あたしもう四十だもの。子供じゃないんだ」

娘からのこうした電話は、私に心配をかけてはなるまいという配慮があった。これは子供の頃からのもので、何かというと心配症の私を庇った。そしてこの裏には、何でも自分でことをすすめるという姿勢があった。この姿勢は頑固なもので、しばしばまわりをはらはらさせた。決して要領がよくないのである。損をすることがわかっているわけではない。それは後でわかる。だからその時は気持がいっぱいで目に入らない。

私は娘のこんな所を怒ることができなかった。私に似ていたのである。娘にはそれがよくわかって、今度こそ蜥蜴が自分の尻尾を切って逃げて行くように、私を切って逃げて行くつもりなのだと考えた。それは哀れであった。逃げて行く方も哀れであるが、そのように考える私も哀れである。

私は一足早くホテルへ引き上げることにした。病室にいても、娘と話すことは特にない。私が話をしなければならないことは、妻と亭主で充分足りているだろう。ユリは空気がちがうことがよくわかっているらしく、病室にいても母親を困らすようなことはしてはいない。母親と並んでベッドに大人しく腰かけている。私よりずっとましだ。

私が帰ると言うと、娘は「明日また来てね」と言った。

こんな言い方は娘はしない。彼女の、変化といえば変化である。心弱りがあるのかもしれない。私は黙って首肯く。

ロビーに風の盆のポスターが貼ってあった。私は何となくポスターの前に立ち、どぎつい赤と黒のポスターをまじまじと眺めた。

病院の近くに八尾《やつお》があった。おわら風の盆の里である。九月一日から三日間、八尾の里では、夜を徹して、三味線や太鼓や胡弓を伴奏におわら節に合わせた踊りが繰り広げられる。昔はおわら節に踊りはなかった。今日では新作の踊りの競演の傾きがあるという。見物人も近在だけでなく、風の盆の期間中は富山市内はおろか金沢のホテルにまで予約が殺到する。寒村が一躍一大イベントの里として豹変する。おし寄せる見物人は、町屋の軒下や、寺や神社の境内、小路という小路の入口に立って立見をする。それでも場所がなくなると、踊り手の後に廻って随従する。

この頃のマスコミの過熱振りもあってか、八尾の風の盆は、岐阜の郡上踊りと共に一般的にもよく知られるようになった。郡上八幡へは一度だけ行ったことがある。三十二夜の期間中ではない。若き詩人が、福井県三方郡の結核療養所に見切りをつけ、父親の里である福井県大野郡（当時）石徹白《いとしろ》に移り、その寒村で力仕事をしたり、伝手を頼って郡上八幡に遊んだ時、瀬音につられてそこの吉田川で鮎を獲ったりしたことがあった。清流ということでは石徹白川も瀬音の川である。鮎、岩魚の川である。詩人はここでもよく魚を釣っていたのである。

私が郡上八幡を訪ねたのは若き詩人が短時日と雖も遊んだことがある町を見るためであった。いや、この言い方は正確でないかもしれない。寧ろ短時日のうちにこの町を切り上げなければならなかった彼の時間を見るためであった。

郡上八幡は長良川合流地点に近い吉田川をはさんだ水と水舟の町である。右岸の山の上には城もあり、麓の小川をはさんで民宿や喫茶店が並ぶという町は私には珍しかった。郡上八幡は、そんなわけで、私にとっては懐の深い、時間の止まった町という印象を強く焼き付けられるものとなった。

「郡上踊りは何処を通るんですかね」

私は偶々川べりの小径に立っていた男に聞いた。

「ここを通りますよ」

男の受け答えは、ここ以外に何処を通る径があるんだい、というふうに私には聞こえた。屋形の動く所、踊りは何処でも興ったのである。よく知られている徹夜踊りの舞台は新町通りである。宮ケ瀬橋から下流の吉田川左岸域である。

病院の売店で八尾への道を聞いても要領を得なかった。駐車場でならなんとかなるだろうと、丁度軽四輪の中で弁当をぱくついている男を見かけて私は窓を叩いた。彼は心よく応じてくれるとこう言った。

「向こうに山があるでしょう。あの山のどんつきが八尾ですよ。道はすぐそこの信号を右折すると道なりに真っ直ぐです」

車で走ってみて、道なりに真っ直ぐです、という意味が、相当にきわどい所を走ったにもかかわらず途中で誰にも道を聞かずに済んだのでよくわかった。案外、道なりに、という説明は言葉ほどには行き届いていないことが多いのだ。

八尾に近くなって越中八尾駅を見る。懐かしさが込み上げて来た。この駅は、富山経由で高山へ入った時にまちがいなく通過している。娘は小学生。足の指を手術してぐるぐる巻きに包帯を巻いていた。靴もサンダルも無理である。夏休みの高山行きは一人だけキャンセルして祖父母の許に残らなければならない。診察の時ベソをかきながら娘は老先生の前で頭を垂れている。老先生は盲腸手術にかけては日本的名医という評判である。術後は切り口に絆創膏をポンと貼って即刻退院させる。

「行きたいんじゃろ」

娘は必死な表情でこっくりする。

「行って来い。靴ァはかれんでも、突っ掛けでも何でもはかれるもんならいいがい。はだしかって何じゃい」

娘はこの時ほど嬉しかったことはなかったと言って、大人になってからも思い出して話すことがあった。

高山行きはこうして断固敢行された。娘は突っ掛けに杖という出で立ちであった。

どう見廻しても、杖をつきながら歩いている子供はいなかった。何かにつけて物を忘れることがある娘が、電車の中でも、バスの中でも、タクシーの中でも杖を忘れて来たことはなかった。

越中八尾駅を通過したあの時の電車のシートには、娘の杖が立て掛けてあったはずだ。富山を出てすぐの田舎駅を記憶する人もいなければ、そこを通過する電車がどんなドラマを秘めていたかは知る由もなかった。しかし電車は同じように見えたと思うし、駅舎の表情にしても電車が通過する度に変って見えるはずがなかった。私達は何十年か前、電車で八尾駅を通過した。その電車には杖をついた女の子がいて、その子の若い父母がいた。これと同じ電車は、それから後にも先にも一輛としてなかったはずだ。

私は天満橋を渡る。その先が八尾町である。

八尾は緩やかな坂の町であった。私は聞名寺の脇から東町へ入り、入口の図書館の駐車場に車を停めると、そこからはぶらぶらと歩くことにした。昼前ということもあってか、道に出ている人はいない。東町を少し行った所で雪を撥ねていた中年の婦人に道を聞く。東町の先には石畳の諏訪町があり、諏訪町こそ風の盆のメインストリートであるという。

諏訪町に入る。黒一色の街である。屋並が全部黒いために、街の遠近がうまくつかめない。坂の天辺で、凍て付いて道にこびり付いている雪塊をスコップで砕いている人が一人いる。そのカチンカチンという音が坂の下まで驚くほどはっきりと響いて聞こえて来る。先程歩いて来た東町に較べると、諏訪町は一段と冷え込み、空気が澄んでいる感じである。黒々とした屋並の家の戸はしんとして全部閉じられている。はたして家の中に人がいるのかどうかさえわからない。これも東町との著しい相違だ。

私はついに諏訪町の石畳を登りつめる。雪塊を砕いている人はそのままだ。老人である。その程度の雪塊がどうして気になるのか私にはわからない。しかしそこだけに明らかな人間の営みがある。黒々とした屋並がどうしても一方的人工的に思われてくる。赤と黒のポスターの意匠と同じである。風の盆には映えるということか。この町の石畳に踊りが流れ、踊りに終りがあるとは誰も信じない。町は深夜にいたるまで膨れ上がったままだ。三日間にわたる踊りが終ってしまえば、過去は夢幻の如くである。

我に返った人々は納得して現実の生活に戻って行く。そしてそれから、幸も不幸もある。

私は諏訪町をゆっくり下って行った。途中で振り返ると、街道に先ほどいた老人の影も消え、ついに人は誰もいなくなってしまった。まるで撮影のない映画村のセットを後にするような気分で、私は坂道を更に下って行った。

山茱萸《ぐみ》

彼は雨の止んだ窓外を何気なく見ていた。昨日から気にかかっていたのではあったが、そこに、小さな赤い実を付けた木があった。細長い細かい葉が鬱蒼と繁っている。その木は、ホテルの三階の彼がいる部屋より高い所まで突き出ていたので、遠くにある赤松や、栗の木や、近くにある樅や白樺よりは低かったが、同じく近くにある何本もの楓などとはほとんど背丈が変らなかった。

彼は最初その木を花石榴かな、と思った。この季節に赤い色は珍しい。しかし花石榴なら彼は知っていた。花が豆粒大であるはずがない。ただ、近頃は視力に自信がなく、目も霞む。

その赤い実は、間もなく彼が階下に降りて木の下に立ち、近くで実を確認することによって山茱萸《ぐみ》と判明するのであったが、彼の記憶の中にある山茱萸とはまるで様子がちがっていた。子供の頃見かけた山茱萸の赤い実は、鈴なりに付いていたからであった。もうそれは、取ってくれといわんばかりに、実が房のようになって小さな枝を撓らせていたのだ。そうだ、木も葉も何もかも、今目の前にある山茱萸とはぐんと小振りで、実は子供の手が届く所にあった。

彼はぽつんぽつんと付いている赤い実を取って口に持って行った。折から小雨が降り続いていた。赤い実は、そのために水滴をまぶして光っていた。たしかに山茱萸の味がした。さして酸っぱくもなく、さして甘くもなかった。そして最後に、渋いざらっとした渋味が残った。

彼は部屋に戻ると梢に葉書を書いた。

「ホテルの庭にあった山茱萸を食べて来た。懐かしい味がした。子供の頃はよく食べた。改めて数えてみると、かれこれ七十年も昔のことになる。ひどいものだね。何が、と問われても困るけど、そんな気がする。雨模様なので出歩くのはよしにするつもり。あのこと、踏ん切りつきましたか」

いつの頃からか、梢は滅多にお土産を喜ばなくなったので、自然と葉書になった。

しかし梢がお土産同様葉書を喜んでいるのかどうかはわからなかった。特に山茱萸のことでは、彼女がその実を知っているのかどうかさえわからなかった。彼の経験では、山茱萸は屋敷にはなかった。こんなものを育てる酔狂な家はなかったからである。栽培種の茱萸は、見るからに重たそうな大粒の赤い実を、今にも零れそうな位たわわにぶら下げて屋敷のどぶの縁か、又は田圃の日陰の土手などに立っていることがあった。そんな茱萸の実を取ろうと思えば、田圃の中へでも入らなければならなかったが、要するに茱萸の木などは、どの家でもそんなに重宝されているわけではなかった。あればあるで、その家の子供達が、気紛れに取っては食べるといった程度で、他家の子供達に盗まれることも、丸裸になるまで鳥に食われるということもなかった。鳥にしても、鋭い刺のある枝を足場にできなかったことがあるだろう。

彼は学童前に母の実家に預けられていたことがあった。外に出て、畑の生の野菜ばかり食べているうちに、生の野菜しか食べられなくなり、とうとう栄養失調になってしまった。二つ下の弟はそうでもなかったのだが、父が入隊していたこともあり、母の窮余の策として、長男だけを実家に預けることを思い立ったのである。

彼はそのために、物心つくかつかない内に、身内とはいえ、他家で飯を食うことになった。母の実家は大家族であった。そしてその家は大百姓であったから、食べ物がふんだんにあった。第一に、その家では雑炊ではない白い御飯が出た。彼の家の雑炊ときたら、米粒など何処にもないような代物であった。これを日に三度も強制される。米粒がどうのこうのというより、どうにもそうした雑炊は子供の喉を通らなかった。喉がいうことを聞かなかった。だから、三度の食事に白御飯にありつけるだけで、彼の世界観は一変してしまった。

「ほら、食べね、食べね」

彼とさして年が違わない小学生の叔父と叔母は、兄姉弟のようであったからそうした配慮はなかったが、結婚適齢期であった二人の叔母達は、さかんに彼に御飯を食べるように勧めた。彼はその日から畑にふんだんになっている胡瓜やら茄子やら瓜にすっかり興味がなくなってしまった。

牛舎には大きな牛がいた。牛は胸のすくような音を立てながら、芒の太い茎を舌で束にして巻き上げ、嚙みちぎり、何度も口の中で咀嚼した。彼はいつしか口を開けてその様子を真似ていた。彼の頭の中から、頑固な好き嫌いの観念が吹っ飛んで行った。彼は今でも彼等のことと彼等との生活を思い出すことがある。そして静かに頭を下げる。町の空襲まで、かれこれ三カ月余を彼等と生活したことになるが、この間一口も口を利いたことがなかった祖父が、或る日のこと、昼に田圃から上がって来て、目の前でアルミの弁当箱の蓋をいきなり開けたことがあった。

「――」

祖父はここでも何も言わなかったが、彼には、「ほら」と言ったようにも聞こえた。彼は思わず「わあっ」と喚声を上げた。

弁当箱には大粒の真っ赤な茱萸がかたちが変形するほどびっしり詰まっていた。茱萸の実がこんなにも美しいのかと思った瞬間である。

これも今になって考える。祖父はあらかじめ空の弁当箱をぶら下げて農良に出て、孫を喜ばせようとして、少しの時間を割いて茱萸を弁当箱に詰め込んだのだ。こんなことを、祖父は自分の家族のためにするはずがない。家族の誰一人として茱萸を知らない者はない。彼等は、必要とあらば、いつだって茱萸の木の下へ行き、立ったまま茱萸をほおばることができたのだ。

霧が深くなって来た。朝方はそうでもなかったのだが、それから少し時間が過ぎて霧はますます深くなった。梢はどうしているだろう。梢の頭の中はきっと孫達のことで占領されている。

金沢に一組、神戸に一組、土曜日毎に交替で孫達を訪ねていればそれだけでも大仕事である。いずれの家にも梢のための部屋がある。梢が行くと、結局孫達と一つ布団に寝ることになり、稀に孫達を自分の布団に残して、梢が彼等のベッドに逃げ込むことがあるらしい。お互いが人の布団に寝ていて、朝になって大笑いになるらしい。

彼等に対する梢の強みは、どんな勉強にも対応できることにあった。彼等の梢に対する圧倒的な信頼の一つにこれがある。梢は塾をやっていた。先生は彼女一人であったから、塾といっても寺子屋のようなものだ。なかなか評判がよかった。これを、亭主の定年退職を期にすっかり止めた。

「これからはお互い好きなことをしよう」

それから、気儘な二人の第二の人生が始まった。まず梢は終日家にいなかった。彼女が本腰を上げたのは、日本語のできない子供達の進学指導であった。こうした子供達はさまざまなケースで近年急増していた。東南アジア、アフリカ、南米の子供達は、受験期にでもなるとパニックになった。そこには、言葉の問題以前の問題が山積していた。それは誰かが補わなければならないと考えたのが梢のボランティアであった。

「何かを始めるといっても、和裁倶楽部や合唱や俳句だけではねえ」

それらはいずれも梢が通っているものであったが、特に和裁倶楽部などは名称も梢の名付けたものであったが、彼女は趣味とボランティアとは違うと考えていた。

ただ問題なのは、彼との纏まった時間、たとえば一週間とかが全く取れなくなったことであった。一週間はおろか、一日の時間さえも取れないことが普通になった。これでは一緒に旅に出ることなどは夢のまた夢ということになった。

困ることもあった。いくら好きなようにしようといっても、彼の友人が松江から出てきた時には、亭主としてはまげて女房にいて欲しかったのである。酒も出したのだから、いくら亭主の料理は玄人はだしであるといっても、お茶ぐらいは何とかならなかったものかどうか。しかしこの日も梢はいなかった。

　友人は彼への土産として松江の地酒を。梢へと言って別に若草を持参した。そこに梢がいなかったのはまことに具合が悪かった。亭主の顔が立たないのである。普通は、十分でもいいから都合をつけるものではないか。予定は前からわかっていたことなのである。そういうことならこっちにも覚悟はあるぞ、と思ってはみたものの、梢の友達が家へ訪ねて来たこと等、結婚以来ついぞ無かった。

　彼はそうした体面を二人が夫婦でいる限り何とかならないものかと思った。女房がいないのならそれはいい。しかし女房はいるのだから、いくら好きなようにしようといっても、これでは友人に対して失礼になる。友人も軽くあしらわれていると思ったかもしれない。エゴのごり押しは彼によれば悪いことではない。しかるに、友人でも来たら、女房にそこは曲げて接待しろというのではいかにも自家撞着である。いっそそういうことなら、別居すればいい。別居の議論である。


　彼は深まる霧をついて買い物に出た。

「深い霧だね」

「はい、この季節はよく霧が出ます」

立ち寄ったホテルの売店の女の子はそう言ったけれど、この季節に毎年来ている彼が霧を見たのはこれで二度目であった。しかも前回見たのは朝霧ではなくて夕霧である。霧は幻想的な風景を演出した。地上のもやもやが全部消えて、樹木の一部分だけが象徴的に浮上する。まさに水墨画の世界である。樅の木立が松林図の松林に見える。

彼はどの食堂も気にくわない時、外のコンビニを利用した。毎年たまに利用する店である。朝食なら梅干し入りのおにぎり二個まで。一個百円也。こんな程度の朝食に、朝食バイキング三千円也は桁違いだろう。和食堂つげの朝食も同じように三千円。彼はもう行く気もなければ見る気もしなかった。そうだな、と彼は呟いた。バイキングの高原牛乳は美味である。しかしそのために三千円を支払うか。

コンビニの入口に、野菜が無雑作に積み上げられてあるのが目に飛び込んで来た。中振りの玉葱は詰め放題で百円。その隣にヘボ胡瓜十本余り。同じく唐黍十本余り。蕗のようなもの一束。蕗の半分もない程の短い茎であるが、これは見たこともない野菜なので、かいがいしく働いている二人の女の子の一人に聞いてみた。

「あ、それルバーブ。ラリルレロのルバーブ。ジャムにするんです。最近テレビでもやってましたね。酸っぱいもんですから細かく切ってから砂糖とたっぷりからめて炒めるんです。そうすると水分が出て来ますから、どろりとなるまで炒め続けます」

「へえ、なかなか厄介だな」

「そうですね」

彼女はあっさりとそう言ったが、それが何故大モールのコンビニにあるのかについては触れなかった。そういえば、玉葱や胡瓜や唐黍についても同じことが言えた。コンビニがまるで田舎田舎していることが彼にはすこぶる面白かった。案外、と彼は考えた。彼女が自分の畑からログハウスの客用に持ち込んだのかもしれない。

彼の部屋からは畑が見えた。畑にはじゃが芋や茄子やカボチャやズッキーニのたくましい蔓が這っているのが見えた。隠元とおぼしき低い畝も見えた。そこは何とも不可解なスポットというしかなかった。ホテルの敷地内に個人の畑があるはずがない。もしかするとそこで穫れた作物を、ホテルは各食堂に廻しているのかもしれない。それにしても畑が小さすぎるのをどう考えるか。これで全食堂が充足するとは考えられない。となると畑は実験農場のようなものなのだろうか。

彼はそんなことを、田舎田舎したコンビニの風情と結び付けて考えずにはいられなかった。ホテルは、ラウンジとかテラスとか言っているが、どうも従業員の大部が田舎の出身であるように思えて仕方がなかった。彼は、彼等の中に、身を粉にして働くことをあたりまえと考える信念のようなものがあるのを見逃さなかった。それは、それだけでも、彼に少しの安らぎと慰撫を与えた。

彼はコンビニで梅干し入りのおにぎりを三個買った。梅干し入りのおにぎりはそれきりで無くなってしまったが、最初はもっとあって、三個だけが残っていたものと考えられた。他のおにぎりの数から推して、梅干し入りのおにぎりは五個までを卸していただろう。彼は三個のおにぎりを一個は夜食に残し、朝食に二個食べるつもりで買った。スープはある。いろいろ家から持って来た。最初からおにぎりだけでいく作戦ではなかったが、こうもホテルで提供される食事が気にくわなければ、無理をしてこっちから合わせる必要はない。

大モールのコンビニに、台所へ持って帰らなければ調理できない野菜を置く方も置く方だが、多分それらは買い手がなくても置いただろうと思われた。そうした感覚は案外気楽なものであり、何となくわかるものであった。見てくれはどうでも、中身は間違いなしが売りであった。

彼はコシヒカリの生みの親を梢を通して知っていた。のみならず、生みの親が収穫したコシヒカリのおすそ分けにあずかり、長い時日をかけてそのコシヒカリを炊いたご飯を賞味することができた。無農薬、天日干しであった。彼はこの時、ご飯こそ酒のつまみになるということを改めて確認した。石墨慶一郎が、自分の田圃で農薬を使いながらコシヒカリを栽培したというのでは一巻の終わりである。

石墨慶一郎はその時八十歳を越えていた。そして講座生の誰よりも勤勉に中国語の勉強を始めた。石墨のテキストは、毎回余白がないほど黒々と書き込みがしてあったというのである。これは講座生の一員であった梢の証言である。

地元新聞によれば、農業試験場を定年退職した石墨は、中国からコシヒカリの育成指導を頼まれた。彼はこの仕事にもう一踏ん張りすることにした。彼は中国に渡り、現場で通訳を交えながら指導をした。彼が中国語の市民講座に顔をだすようになったのはそれ以降である。

魯迅に「藤野先生」があった。藤野先生は学生の周樹人にノートを提出させ、徹底的に添削の朱を入れて返却した。このやりとりは、周が仙台医専を辞めるまで続けられた。魯迅によれば、それは中国に医学が正しく伝わることを希望したためであると。彼は石墨の行動を藤野先生に重ねて見ることがあった。藤野厳九郎も石墨も、坂井平野のど真ん中、芦原の下番、丸岡の舟寄にそれぞれ生まれた。坂井平野では、風の向きにもよるが、夜にでもなると、日本海の潮騒の音が聞こえることがあった。

彼は家で梢に言われたことを思い出していた。

「ちゃんと食べるものは食べないと体をこわしますよ。コンビニは賛成しないなあ。たまに一回位ならいいけれど」

お言葉では御座るが、と彼は喉の奥から出て来た言葉を押し戻した。相手が居ないのだから仕方がない。

そうだ、ちゃんとしたものを食べさしてくれるなら喜んで食べる。品数だけ多くて、脈絡のない料理はうんざりだ。どうしてこうなるのか。結納の時の、道具屋が示してくれる口上書なんかがこれに似ている。調子のいい所だけ、あれもこれもと何処から取り込んで来て口上を作っているから、何を言っているのかさっぱりわからない。したがって覚えられない。やっと覚えたつもりでいても、本番ではすっからかんと忘れてしまっている。彼はそうした苦い経験をしたことがあった。

粉飾やままごとはご免である。実質的で、量はなくても豊かに出せ。これなら当たらずとも遠からずというわけで、目も当てられない失敗はないだろう。

彼は、梢の目には彼が吝くさく映るのかもしれないと思う。多分第一に飢餓の体験がちがう。

「ご飯が食べられないと思ったら残せばいい。それを無理して食べるからメタボになるのよ」

一緒に外出した時、長女はこんなことを言った。二人の孫も、梢もいる。彼は猛然と腹を立てた。孫共のしつけのためにも良くない。世界は飢えている。飢餓のために世界の子供達が死んでいる。ご飯が食べられないと思ったら、食べる前に取りのけてもらえ。これが、かつての日本の飢えと、世界の飢えに向き合う礼儀というものである。カリカリになって、目玉を落ち込ませたヘップバーンが飢えた子供を抱いている。

彼は駅弁などで、折り箱にこびり付いた米粒を捨てることは絶対できなかった。それは彼だけではなかった。見ると、やはり丹念にねばり強く折り箱にこびり付いている米粒と格闘している人がいた。あの頃は何も珍しい光景ではなかった。彼は祖母がよく言っていた米粒に仏様が宿るので捨ててはいけないという教訓を露ほども信じていたわけではなかった。

若い頃、梢と沓掛の蕎麦屋に入ったことがあった。信濃路は何処も彼処も蕎麦だらけだな、という印象は彼にあったが、沓掛の駅前に車を乗り入れると丁度噂の高名な蕎麦屋の前にさしかかったこともあり彼等は入って行った。中は狭く、肩を斜めに入れ合うばかりにしなければテーブルに就けなかった。まず胡瓜とキャベツの漬物が出た。これがサービスであることを彼は知っていた。これがサービスであることをいいことにして、お代りを所望した客がいたことも彼は何かで知っていた。あまりに世間を知らず微笑ましくもあった。

店の中央で、二人のよく似た銀髪の老女が向かい合って笊蕎麦と天麩羅の盛り合わせを食べていた。天麩羅は野菜と大振りの蝦であった。蝦の尻尾が二本、皿から突き出ている。

「すごいな」

彼は梢に小声で囁いた。

彼の驚きは、老女達の桁外れの食欲に向けられたものであった。老人はよく食べる。或るパーティで、彼の知っている老人は片っ端から皿に取り寄せては食べ続けた。独り身の知人は、家では作らないのかも知らんと思いながら、世の老人達は逞しいのが本当だとも思ったりした。拓落失路《たくらくしっろ》にいる老人ならともかく、若者に負けじと活動している老人は、肉体の衰えた分だけ余分にエネルギーを補給しなければならないというのは理屈だとも思ったりした。

「笊蕎麦に天麩羅一つ」

梢はよく透る声でそう言った。小食の彼女が、しかも何故笊を注文したのかわからなかった。彼女は、たっぷりした出汁に泳いでいる蕎麦が好みだったのである。

彼も蕎麦を注文した。

すると、「笊ですか、盛りですか」と聞かれたので、反射的に笊にしてくれと言った。盛りは容器がどんぶりだと思ったのである。

そこへ、男一人に女三人の四人連れが店へ入って来て隣に腰かけた。山歩きをして来た恰好である。

「笊にしようよ。あら、笊は五十円高いわ。この盛りとどう違うのかしら」と言って、女が店の人を呼んで聞いたところに拠ると、笊は刻み海苔付き、盛りにはなし、蕎麦は同じ、ということがわかった。

「よし、盛りで行こう」

男の細君とおぼしき女が一人で決めて、彼等はつき出しの漬物をポリポリと音を立てて食べ始めた。

これにしても、蕎麦屋への常連は、家にある海苔を一個胸ポケットへしのばせていくのだという話があった。これは、店に海苔の用意がない場合のことだろう。なかなかこの手の人間は細かいものだ。仮にこの店のように海苔付の蕎麦があるとして、盛りに自分が持って来た海苔を使えばどうだろうか。

彼にも好みがあった。蕎麦は郷里のおろし蕎麦が一番でこれに尽きる。何のことはない。おろし蕎麦とは、蕎麦に出汁入りの大根おろしをかけただけのものである。一味とか、七味とか、昔はそんな面倒くさいものがなかったから、辛味は大根おろしで代用した。しかも大根の青首には甘みもある。辛味の強い尻尾だけをおろして蕎麦にかけて喜ぶのはちがうだろう。蕎麦用の辛味大根を喜ぶのも同様である。蕎麦は素朴な食べ物である。飢饉の時、米の代用とした。おろし蕎麦自体その遺産である。

彼によれば、蕎麦は斯くの如くになるのであるが、右のおろし蕎麦なるものが何処にでもあるわけではなかった。御当地にしたところで、おろし蕎麦を注文すると、蕎麦の上に大根おろしと鰹節と葱の刻んだのが各々ちょこんと乗っかって出て来るので何だ何だということになる。出汁は別の蕎麦猪口に注いである。おろしを蕎麦にまぶして蕎麦猪口の出汁につけて食べるということか。こんなことがいつから始まったのだろう。大根おろしは、おろし餅を作る時の要領で、どんぶり鉢にたっぷり作る。味付は醤油でも何でも。人は好きなだけ大根おろしをかけて蕎麦を食べる。その時に、鰹節があればそれを、葱があればそれをぱらぱらっとかけて掻き混ぜて食べる。

どうにも野蛮なものである。上等、上品には初めから縁のない食べ物である。これをはき違えると滑稽なことになる。それで彼は注文してからしまったと思った。笊ではなくて盛りでよかったのである。

梢はまず青紫蘇の天麩羅からバリバリと音を立てて食べ始めた。彼は驚きの様子で、まるで他人をみるように梢を眺めたのであった。

まだコーヒーとケーキのチケットが一枚あるので、明日のチェックアウトまでに使っておきたいと考えて彼はラウンジのドアを押した。そこは彼の一番のお気に入りの場所だった。何といっても、続きのテラスに出ると、栗の巨木に直接触ることができるという楽しみがあった。不思議なもので、外の庭に出て栗の木に直接触ること位はいくらでもできたのだが、テラスにいて触るのとでは何かとんでもないちがいがあるように思われた。外の庭には現実があっても、テラスには現実がない気がした。現実がない場所にいて栗の木を見るために、栗の木が現実離れして見える、ということなのかもしれなかった。家の二階から何の変哲もない小楢を見る。それはなかなか美しいのだが、それとはちがう現象が起きているのかもしれなかった。

テラスは、明らかに栗の木を計算して設計されていることが彼の気に入っていた。いってみれば、ラウンジもテラスも栗の傘の下にある、ということを想像しただけでも彼を楽しくさせた。特にこの時期は栗の花が満開になっていることが多かった。彼は秋にもここへ来たから、朝一番に起きて、ビニール袋いっぱい栗を拾うことがあった。この時ばかりは、朝に弱い梢も飛び起きて彼の先に立って歩いた。そしてかならず、何人かの人達が彼等よりも早く起きて既に栗を拾っていた。朝一番は別にいたのだ。

ラウンジのカウンターの中に、白いブラウスに黒いベスト姿で珍しく須磨さんがいた。彼女はずっといなかったのである。明日帰るという時になって彼女に会えたのは幸運であった。

「辞めたのかと思っていたよ。何処かへ行っていたの」

「はい、加古川へ行っていました。神戸へも遊びに行きましたけれど」

「加古川はどうして」

「母が住んでいます」

彼は加古川に病弱の義弟がいることは話さなかった。彼女は続けた。

「お盆に行くことができませんから」

それで思い出すことがあった。和食堂つげの熊沢君も、この時期のシーズンオフに帰省するのだと言っていた。

須磨さんは髪を無造作にショートカットしていて、大きな目に絶えず微笑みを湛えながら客と向き合っていた。そしてよく気が付いた。彼女の横顔がルノアールの描く木漏れ日の中の女人像に似ていると彼は思った。

「テラスが空いたのでテラスになさいますか」

須磨さんはそう言うと、ラウンジのテーブルに置いたコーヒーやシュガーポット等をテラスへ運び出した。それは彼の希望と完全に一致していた。彼は一旦セットしてくれたものをもう一度動かしてくれとは言えなかったのだ。ほんのちょっとしたことではあったが、彼としても豊かな気分になった。同時にそれは、テラスを須磨さんがとても好いている証拠だと思った。

テラスの真ん中のテーブルの椅子を少しずらして、須磨さんは側に突っ立っている彼をうながした。椅子の向きにも彼女の好みがあるのだと彼は思った。丁度、赤い旧式のまだ現役のポストがあり、栗の巨木が何本もあり、その後ろには静かな池水があった。彼が勝手にすわったとしても、椅子をやはりその向きに直しただろうと思われた。

「こんな所で働いていると――」

と彼は切り出した。

「長生きできていいですね、とおっしゃりたいのでしょう」

須磨さんはにこにこして、それ切り何も言わなかった。同じようなことを、ここを利用する何人もの客人に言われて来たのだろう。

「コーヒーはお代りがありますから。ゆっくりなさって下さいませ」

彼女はそう言うとラウンジのカウンターの中へ引っ込んだ。テラスの両端には二組の客人がいた。彼等はホテルの従業員を交じえて熱心に商談を続けていた。彼等の商談は、食事の細部にまで及ぶもので、旅行業者とホテル側というより、宿泊をともなう会社か団体の催しものの打ち合わせといった様子であった。いずれにしても、何人かであれだけこまかい所まで決着をつけていくとなると、電話一本ではいかぬのだろうなと彼は感心した。ただ、打ち合わせに来た人達にも旅費が要る。時間も要る。これの辻褄をどう合わせるのか。彼には無関係のことではあったが気になった。

彼等は同時に打ち合わせを終えたらしく、相次いでテラスから姿を消した。後は彼一人が残ることになった。

昨年のこの時期にはハワイから来た五十代の男と話をした。男とは全く面識がなかったが、押しの強い声を張り上げて須磨さんと話していた男の勢いは、いくつかのテーブルを乗り越えて彼にも飛び火した。

男は別荘を持っていたので毎年一カ月ほどそこに滞在していたのだと言った。ただ固定資産税がたまらんのだと言った。

「一カ月三十万です。マンションなら一カ月六万です。五分の一で済む。別荘ではこの外に挨拶料とか何とか。厄介なもんです」

それで男は別荘を処分してマンションにしたのだと言った。これから高岡へ行く。墓参りである。墓参りは欠かしたことがない。別荘はそのために買った。

男の話を聞いていると、何だか次元の違う話のようにも思ったが、固定資産税の話などは、彼に寝耳に水の感じで受け取られた。それはそれまで彼の中にあった、どうするかな、どうするかな、といった考えに決着をつけるに充分であった。

高岡なら高速で彼の家まで二時間弱。連絡をしてもいいかと言う男に、どうぞ、と言って名刺を渡した。ところが部屋に戻って日程を覗いてみると、全く自由がきかないことが判明した。すぐラウンジへ取って返したが、男はいなかった。それで口頭で須磨さんに伝えてもらうことにした。

これは翌日確認できたことであったが、須磨さんは男の連絡先を知っていたので電話してくれた。そのメモが当番の若いウエイトレスに渡されていて、彼女はメモを見せてくれた。須磨さんは今日は非番だったのだ。これですっかり須磨さんに迷惑をかけたことがわかった。

須磨さんがいないとなると、彼には挨拶をしなければならない人はつげの熊沢君しかいなかった。熊沢君にしても、朝早いために途中で昼の仮眠を取る。こっちの都合で起こす訳にはいかなかった。

彼は最後に山茱萸にも挨拶をしておきたくなって階下へ降りて行った。我ながら子供子供したノスタルジアにくすぐられているものを感じたが、そこは素直に自分について行くことにした。

山茱萸の木はよく見えた。相変らず小粒の赤い実はぱらぱらとしか付いていなかった。ホテルの明るい芝生の庭で単独でしょぼくれている。恥も外聞もなく。葉っぱが繁りすぎたのがいけないのだろうか。アンバランスになって、収拾がつかなくなってしまった。しかしそんなことを言ってみたところで始まらない。むしろこの山茱萸を一本残して庭造りをした庭師に敬意を払うべきだろう。庭師のちょっとしたセンチメンタリズム。そんなことを彼は考えてみたが、これは山茱萸に責任はない。

いったいにこのホテルの庭はもとからの樹木を残すという方針で造られていた。それが彼などには魅力的でたまらないところであるのだが、神域は別として、山林という山林から巨大樹木が消えて久しい。ところが彼の家の屋敷には樅の巨木が二本立っているのである。何故そうなったのか。それは彼の先祖が代々よほど怠惰で物臭にできていたために、屋敷まわりには高い木を立てるなという世間の常識について行けなかったことを示していた。そうするとその血は彼にも文句なしに流れていて、彼は一人で山茱萸の木を眺めながら、「又ね」と言って苦笑いをした。

狐登場

ついに狐登場。

その前は穴熊だった。穴熊が二頭になった時、市役所へ電話した。有害鳥獣対策室という所だ。

「二頭になったらことだぞぉ。わっと子供を生むからな」

穴熊の話になって、そんなことを言う人が出て来た。一刻も猶予はならない。

すぐに駆けつけてくれたのは、私の部落からそう遠くもない団地にすむ猟友会の男であった。彼は一見老けて見えた。話の内容も若々しいものではなかった。

「後継者がいませんでね。それでこうして私なんかが駆り出されるというわけですわ。今時の若いもんは、鉄砲持って、山に分け入って狩りをするなんてことはようしないからね。私の時でも私が鉄砲を持って仕事をすると言ったら親父は猛烈に反対しましたよ。食えるわけがないしね。第一物騒でしょ。いや、人から見てということですよ。鉄砲撃ちを、いい仕事ですねえ、なんて言う人は、百人に一人もいないでしょうに。これはもう、どうしようもないことなんですから」

「ふうむ。あんたいくつになんなったいね」

「歳ですか。喜寿にもうちょいですわ。鉄砲持ってからは五十年もまだも経ってますがね」

彼は手際よく檻を二つセットし、ぶら下がっている針金の先の鉤に林檎やらバナナを引っ掛けた。檻の中へ入った獣がそれらに喰らい付いて針金を引っ張れば、檻の入口の柵がすべり落ちる仕掛けになっている。

最も単純な檻だ、と私は思った。そして見事に穴熊一頭が何日目かの朝にかかっているのが見つかった。檻いっぱいに穴熊の艶やかな毛が漲っている。大物だ。

私は早速猟友会の男に電話をした。

穴熊は屋敷で何度も見かけた。何処でも土を掘り起こす。しかし未だ畑の被害はなかった。畑は屋敷の中にある。こんなのは屋敷畑というのか。もうそれだけで、年間のじゃが芋の消費量を充分にまかなうことができた。ただ、人間を認めると、穴蔵だと思うが、それのあるブッシュへ逃げ込んだ。何本もある柿の木の下のもたもたした所だ。穴熊の肉は旨い。毛皮は珍重される。昔は穴熊狩りを村民総出でやった。それで動物性蛋白質を補給したのだ。といった知識ぐらいなら、私の俄勉強でも得ることができた。しかし、この程度の知識でも、村人は知らなかった。狢《むじな》なら聞いたことがあるという。狸の異称、穴熊の異称というわけであるが、これも知らないということになると、穴熊は架空の獣ということになる。狸は見たことがある。穴熊は見たことがない。たしかに穴熊が村里で目撃されることはなかった。狸とはちがう。狸なら、玄関戸を閉め忘れたりすると、大挙して家の中へ乱入し、囲炉裏に掛けてある鍋のものを漁ったり、御上《おえ》でドンドコ裸踊りをしたりする。こんな真夏の夜の饗宴なら、私は母の実家で経験して知っている。御上の帯戸の裏側の部屋で寝ていた私は、板の節穴から乱痴気騒ぎを覗いていたら、節穴の向こう側にもグリグリ目玉があったりして思わず仰け反ったことがあった。これが狸である。狸の肉は旨くない、ということもどうやら知る人ぞ知る常識であるらしい。

「よくかかりましたね。近頃では珍しいですわ。電気で殺処分します」

猟友会の男はそう言って檻を持ち帰った。

檻の中で暴れ回る穴熊を見ながら「怒ってますね」と言った。その言い方は、穴熊と何処かで対等に向き合っているようにも見え、私は不思議な気がした。

それからが面白かった。

もう一頭の穴熊を捕獲するために、二つあった檻の一つを残してくれたのだったが、私は毎日の餌に熟柿を鉤に引っ掛けておいた。ところが後になると、餌だけ丸ごと盗られるようになった。そしてここまでならどうということもなかったのだが、餌が盗られて、入口の柵が必ず落ちている。この柵が落ちていることがどうしてもわからなかった。

私は猟友会の男に電話をした。

「わからないですよ」

「わからないですねえ」

そんな会話を、檻をはさんで、やってきた男と二人で交わして頭をかかえ込んだ。

「柿はちゃんと食っていますよ。毎日入れたんだから。そおっと取り出して、後で檻をゆすって柵を落としたんだろうか」

「まさか。そんなこと、する必要がないではないですか」

「穴熊は頭がいいですかね」

「どうして」

「立つ鳥跡を濁さず」

これでは笑い話にもならなかった。

そのうちに穴熊が檻の中へ入った形跡もなくなり、私は餌付けをやめた。秋も深まり、熟柿がぼたぽたと落下するようになり、餌付けに意味がなくなったからであった。

そのうち、残された穴熊は何処かへ行ってしまった。ブッシュの中にいるかもしれないではないか。そろそろ冬籠りということでもある、と考えられたが、気配でわかるのである。たしかにいない。駐車場は猪柵、四囲はブロック塀であるから、夜間の出入りはできないにしても、日中は門扉は開いている。

雪が来て、猫の足跡が見られるようになった。これは、むろん雪の前にも猫は屋敷の中をうろついていたわけだが、雪が来てそのコースがいっぺんに判明した。猫はただ気紛れにうろつくのではなかった。軒下があれば軒下をきちんと通り、雪の中を納屋へ真っ直ぐに歩き、蔵の横を通って家の裏へも廻っている。裏へ廻ってからは、ブロック塀の上を延々と歩くらしい。別に頼んだわけでもないのに、番犬ならぬ番猫の行動ということができた。足跡からすると、猫は一匹である。

三月の中旬になっても、まだ大雪注意報が出たが、下旬になってはじめて、金沢駅の雪吊りが撤去されている映像が流れた。そろそろ我が家でも沈丁花をぐるぐる巻きにしていたロープを解いてやる必要があると考えていた時に、屋敷に狐が現れた。

狐は相当に草臥れている様子であった。世に言う黄金の毛並みはひどく薄汚れていたし、ふさふさの毛並みで覆われていなければならない長い尻尾は、見る影もなく棒きれのようになって、真ん中辺りには焦げた跡のようなものさえ付いていた。まさか自らの狐火で焦がしたわけではあるまいに、全体に年取った生き物の穢らしさのようなものが漂っていて哀れであった。そのくせ吊り上がった二つの猜疑の目はじっと私を見据えていた。二つの目だけが私を離さない感じである。

私は玄関に向かう石畳の上に立っていた。

「シッ、シッ」

私は何度も狐に向かって声を荒らげた。狐は全く逃げる気配がなかった。そして目だけが狡がしこそうな光を放っていた。私はふと狐は人間に慣れているんだなと思った。それもそのはずだ。何かと言うと、人間とのかかわりについてこれまでとやかく言われてきていた。他の動物にはこんなことはないだろう。やはりそれだけの理由はあるものだ。狐はそれほど私には人間くさかったのである。

狐は依然として猜疑の目で私を見ていた。人を喰った目のようでもあるが、内心ではびくついている臆病そうな目でもあった。右顧左眄《うこさべん》というのでもなかっただろうが、そうした二つの異なる性質が同居している目など、私はこれまでにお目にかかったことがなかった。

敦賀の金ケ崎宮へ登る参道で、何気なく脇へひょいと入った所で羚羊に出交わしたことがあった。双方が偶然ぶつかったというのではなかった。羚羊はそこに立っていた。私は最初羚羊の塑像ではないかと思ったのである。敦賀半島には羚羊が棲息していることは新聞などでも報道されてきていた。それで観光名所に羚羊の塑像が造られていても不思議ではない。それほど、羚羊には全く驚いた様子がなかった。大きな目玉もびくともしなかった。のみならず、その大きな目玉にはつぶらな輝きと哀愁さえあった。人を恐れる様子などさらさらなかったのである。

しかし私はそれだけにかえって怖くなった。

「オーラ、オーラ」

私は何を思い付いたのか大声でそう叫んだ。羚羊との距離は二メートル。すると羚羊はすっと一歩脚を山の方へ踏み出した。私は反射的に参道に逃げた。だからそれから後羚羊がどうしたのかは知らない。

狐は逃げなかった。何かを窺っている様子でもある。私は石畳を歩いて玄関の鍵を開けた。抱えていた荷物を置くと、そのまま取って返して元の場所へ戻ってみた。狐の姿は何処にもなかった。

おそらく、小屋は車庫でもあったから、私が出て来た小屋から、私がシャッターを上げたままにしていた小屋の入口を狐は一直線に駆け抜けたのだろう。一瞬のうちに。

私は舌を巻いた。ここでも人間と人間の駆け引きのようなものを感じた。あれは単なる動物ではない。薄気味悪い人間のようなものだ。

三年程前から、夜明けの山でコーンコーンと啼く狐の声がした。子供の頃は狐は夕方と夜明けによく啼いた。コーンコーン、ワーイワーイと啼いた。何も珍しいことではなかった。祖母によると、それは男と女の狐の声で、互いに啼き交わして居場所を知らせているのだということであった。三年程前から啼いている狐の声は、コーンコーンだけで、ワーイワーイがなかった。狐の声は悲しげに山々に木霊した。私は一人で雌狐のいない山を心配した。

どうもこれらの経過から推すと、屋敷に現れた狐は件《くだん》の雄狐であった可能性が高い。私はこの時が初見であったが、狐を見たことがあるという証言は他にもあったから、まずは高名な狐であったことになる。

彼の結婚式以来、一度も会ったことがなかった旧友がいきなり訪ねて来て玄関に現れた。かれこれ五十余年振りである。むろん年賀状の交換や、電話のやりとりならやっていた。これも確かな記憶はない。賀状は別として、電話となると、むしろやりとりをしなかった年の方が圧倒的に多かったにちがいない。でなければ、一年に一回電話のやりとりをしたとしても、五十年間ということになると五十回。それは絶対にならなかった。しかも、これを私の方からかけたことがはたして何回あったのだろう。

旧友は私の病気を心配していた。私が留守をして、電話に出ないことがあると、彼はてっきり病気をして入院していると考えた。家人は滅多に家にいなかったから、彼が心配するのも無理はなかった。ただ私としては、心配してくれてどうにかなるものではない、ということがあった。それでそのままにした。

彼の電話はこういうものであった。何だか音楽のようなものが後ろで鳴っている。

「俺行くからね。あさって、いやあさってというわけにはいかない。あさってということになると明日の次だから、そんなわけにはいかない。しあさってはどうだろう。空いているかい。しあさっては金曜日。俺は大丈夫。俺はその日は何もない」

思えば、彼は十年も前にもこんな電話を一方的にかけて寄こしたことがあった。

「今ちょっと時間があるかい。いやこっちへ来てるんだ。家にいるなら行くよ。何、世話をかけない。寄るだけだ」

そうはいっても私は困った。ちょっとだけでも、その時その時間がなければ大世話である。来るのに何分。家へ招じ入れるとして、それに何分。家人にも都合がある。家人は自分の計画を壊されるのをひどく嫌う。こんなことで家人に取り成すのはご免だ。この種のことは一度にすっといかない。そのことを考えただけでも憂鬱になる。であるから、この種の問題は起きないのがよく、極力この種の問題が起きることを警戒しなければならない。

旧友は今度は予告して来た。目的は何処にも明かしてないが、私の見舞いをしたいという気持がある。私が前立腺癌のステージ4と診断された。しかも、これはステージ5に近い4である、という。そんなことを電話のついでに確かに喋ったことがある。もう五年も前になる。彼も細君の介護やらで走り廻っていた時だ。もう五年も前、は同時に早や五年でもある。彼にしても、私にしてもままならなかった。

はたして彼は私の家の玄関前に現れたのであるが、約束の、しあさって、ではなく、あさってに現れた。約束が違うのだから、私は、まるで狐につままれたようになった。

まさか狐ではあるまい。しかし狐か。ハイキング用の帽子を冠り、「やあやあ」と言い、「よかったよかった」と彼は連発した。

「いくら呼んでも出てこないから、いないのかと思ったよ。しかし前もって連絡してあるしね。そんな筈はないんだがなあと思って」

「約束は今日じゃなくて明日だったろ。明日の金曜日。まちがいないよ」

「ええっ、明日だったの。それはいかん。いかん、いかん。出直して来る」

「冗談でないよ。百キロも出直すのかい。ここに俺がいるんだから、それでいいじゃないか」

「それはそうだが、奥さんがいない」

「ああ、彼女ならいつもいないさ。仕事だもの」

「シゴト？　か。偉いな」

それから私は彼をＤＫに招じ入れた。ＤＫは床暖が入っているので快適である。コーヒーを淹れる。学生時代は彼とはよく酒を飲んだ。彼も喫茶店へはあまり行かず、私はより多く行かなかった。しかし彼がどの程度酒が好きだったのかはよくわからなかった。彼は私のようにへべれけになることはなかった。私は酒をかたきのようにして飲む。彼の飲み方はスマートだった。何でもスマートなのが好きな感じであったが、私から見れば、それはスマートというのとはちょっとちがって見えた。

「このコーヒー美味しい」

彼は私の淹れたコーヒーを一口ふくんでそう言った。それはいかにも御世辞ではなく言っているように私には思えた。コーヒー音痴の私はそんな彼がひどく羨ましかった。

「ああ、やっと会えたよ。夢のようだ。元気そうですっかり安心した。皆さん息災で、おふくろさんも息災でいらっしゃるのかい」

「息災という訳にはいかんがね。施設だよ。もう五年も厄介になっている。五年が十年にも、二十年にも思えるさ。それだけ、気持の上でいろいろあったということだろうね。何もしなかったけれど。ただ、最初の内は毎日行ったんだが、これはよくなかったらしいね。施設の方から、一週間に一度位にしたらどうかと言われたよ」

「俺は女房の所へは毎日行ってるね。朝昼晩と食べさしているからね。その間の時間は古文書を読んでる」

「古文書は読んでどうするの」

「地方《じかた》文書だから、いずれプリントして、地元の人に配るつもり。野田山が前田利家の墓以来だんだん墓地化していって、山仕事をしてきた百姓達の活動が制限されていくんだね。それで百姓達は十村へ嘆願書を出した。歴博で偶然見つけたんだ」

彼はそう言うと口をつぼめた。そうすることによって、口元がいかにも老人くさく見えたが、何かそこに意志の塊のようなものが秘められている気がした。こんな側面は、むろん学生時代の彼の中にもないことはなかった。ただ彼はあまり意志的行動的ではなかった。どちらかといえば、それら学生達の中に置いてみると優柔不断でもあった。しかし優柔不断でもあるということは、人を決めつけないということでもあったから、これを嫌う仲間はともかく、救われる仲間もあった。だから、それはそれなりに、彼の強靱な精神とでもいうべきもので、一つ決めたら梃子でも動かないということがあった。

彼は大いに変ったのかもしれなかった。離婚をし、再婚するまでの間に二人の子供達を育て上げ、漸く一人身になってから病弱の細君と結婚した。彼は何かというと看病に明け暮れたが、これはむろん先刻承知のことであった。この頃の彼の手紙に、「俺は結婚してはじめて恋愛している」という一行があったが、私は彼のために心から祝福した。このことを考えると、彼が日中ずっと施設に詰めて、細君のベッドのかたわらに小机を置いて古文書を読んでいる日課というのは不思議でも何でもなかった。彼以外の男はそんなことはしないだろうが、嘘のない彼ならやるだろう。

身体の不具合の話になり、私は寝室の隣にトイレを作り、二百五十万かかったと言った。

「見てくれるかね。絵も架けたんだ」

この時彼は、すかさずトイレを借りたいと言った。見せてくれとは言わない。

暫くして戻って来た彼はこんなことを言った。

「主屋を覗いたら、くるくる巻いた御簾があったね。あんなもののある家ないよ。この辺だと大社にしかないね。君んとこいつからある家なんだい」

それから家の話になった。鎌倉期が始祖とか何とか、そんな寺の御曹司が高校時代の同級生にいて吃驚したことがあったが、寺にはちゃんとした家系図があるのだろう。私の家の家系図は、定年退職をした父が暇にまかせて作成したものだ。車の運転ができたので、足はあった。口惜しい思いはいろいろあったらしい。養子に来た肝心の家が二つともない。いずれも明治以降である。せっかく訪ねて行っても、相手からはどうにか話が聞けそうなものの、息子がいて門前払いを喰わされる。話は、根掘り葉掘りということに及ぶから、まずいこともあり、相手に協力する気持がなければ門前払いとなる。

父が作成した家系図の始祖は元禄期から記録されている。寺の過去帳の記録がそうなっている。宗門改と関係しているのかもしれない。家の仏壇の中にある過去帳は、寺の過去帳を写したものだ。この寺の同行は皆元禄期が開祖であることがわかっている。

「先代で道楽をしたのがいてね、金目のものは全部売っぱらってしまったから、父が思い付いて新たに買い揃えたのがあの御簾だということだ。後は刀の鞘が三振りあった。刀身のない鞘だけだから、三振りというのも変だが、帯刀御免のしるしというわけさ。刀身がないのは、町へ研ぎに出して、空襲で焼いてしまった。大が一振り、小が二振り。いずれにしても刀身がないものだから、子供心にも面白くも糞もなかったことを覚えているね」

こんなことを旧友相手に話しながら、私は憂鬱になっていった。とりとめがないのである。考えてみれば、代々庶民の生活など、コペルニクス的転回などあるはずがない。とりとめがない人生と生活万般こそさいわいというべきなのかもしれないが、それでも大黒柱が軋むようなことが一度はあった。

「我が先祖は酷いことをしてきたみたいだよ。自分の家系が絶えるというんで、一度他家へ嫁した娘を連れ戻したりしているよ。これに子供がいたということになるところだね。いや、子供がいたからこそ、子供を置土産にできたということか。裏山を越えた所から横並びに古道の谷を下ると、梨谷という部落があってね。そこの九郎右衛門という家らしい。九郎右衛門というのは屋号だろう。明治十五年の香典帳にそう記載がある。一金貳拾銭也だったかな」

「ちょっと待ってくれ」

旧友はそう言うと、呆れた顔をしてこんなことを話した。

「実家の甥っ子の嫁は梨谷から来ているよ。俺はその梨谷へ娘さんを貰いに行ったことがある。結納を持って行ったんだよ。俺は親戚代表。その家は昔は庄屋だったとか言ってたな。元は山の方に家があったらしいが、今はずっと下へ降りて来ている。部落は過疎もいいところで、外から入り込んだ物好きな家族を含めて、何軒か小さな家が川の側に建っている。何にも無い所で山だけがある。あの部落は山で食っていたんだね。吃驚したのはね、まあそれはそれは家に不釣合いな立派な仏壇があったということ。しかしあれはあれで昔の家には似合っていたんだろうな」

私は何となく彼の話が我が先祖のエピソードに繋がる気がしてならなかった。梨谷という部落はまちがいがなかった。あとは、旧友一族と親戚になった、その家の屋号が九郎右衛門であるかどうか。屋号は未だ残っているからこの照合は何もむずかしいことではない。

いずれにしても相手の先祖は、一度貰った嫁を奪われている。若い夫婦は生木を裂かれるようにして別離を強いられた。どれだけの金が動いたのか。それとも道理だけが罷り通ったのだろうか。仮に美談ということがあったにしても、何処かで救い難い屈辱があったにちがいない。こんなことは、家の名誉として、代々伝えられることではない。子供がいて、それが今に繋がっているとしたら、私にしても血を分けていることになる。

それから、私達は二台の車を連ねて蕎麦屋へ行き、何でもいいと言う旧友のために、天下ろし蕎麦を食べて駐車場で別れた。

最近、私にこんな経験があった。私の方が突然狐になったのである。私は隣市の中央病院へ或る女医さんを訪ねて行った。学生の頃塾をやっていて、彼女は私の塾の生徒だった。よくできたし、魅力あふれる少女であった。長じて隣市の中央病院に着任していることは知っていた。

喜寿を迎えた私は、それまでに新聞のみさき欄やら、公民館報やら、図書館の読書会報やらに投稿した短い文章をまとめて一冊にした。ささやかな記念集である。これを関係のあった人達に配る。何とか捜し当ててその人に配る。そうして思いついた一人に女医さんもいた。

女医さんの名前が変っていないから、或いは独身かもしれない。いくつになっているか。計算できないこともなかったが私は面倒くさいのでやめた。印象深く覚えているのは、塾生達と隣市へ遊びに行った時、彼女一人だけが、さかんに並木道のユリノキの紅葉に感激したことを言い続けたことであった。そんな塾生は外にいなかった。彼女は帰りの電車の中でも私の横にすわり、そのことを何ものかに憑かれたように言い続けた。彼女が私を嫌っているはずがない。

私は女医さんに会えると思うと前日から落ち着かなかった。まちがいなく、彼女が、火水木と終日勤務であることは病院に電話を入れて確認済みであった。予約を取るまでもないだろうという考えである。雑文集を一冊渡すだけである。名刺は持って行く。相手が何もかも忘却していても、私の又とない名字を見ただけで思い出すにちがいない。

当日、私は午前中の時間帯で面会時間を設定し、早い電車に乗った。車で行く方が便利であったのだが、この頃は三十分も車で走ると確実に睡魔に襲われる。これは振り払おうとしても駄目だ。駄目なことがわかっているのだから、車を停めて仮眠を取ればいいのだが、一応も二応も振り払おうとする。この時が一番危険だ。そうして経過して、自分ではっとすることが何度もあった。

電車を降りてからは少し歩けばよい。病院は市の外れにあったから、この間ユリノキの並木道を歩くのも悪くない。彼女の見たユリノキは紅葉していたが、芽吹きを過ぎたユリノキであれば、あの大振りの白い花が見られるかもしれない。しかし彼女はユリノキのことなど覚えているだろうか。

念のために、電車を降りるとすぐ、駅の案内所で病院まで歩いてどの位かかるかを聞いた。車なら十分ちょっと、徒歩ならゆっくり歩くと三十分はかかるということであった。案内所の窓口は、私が聞きもしないのに、「ゆっくり歩くと」という条件を付けた。私はゆっくり歩いてもよかったのだが、駅の案内所は病院へ本を持って女医さんを訪ねる等といった酔狂な者を相手にしているとは思わなかっただろうから、それなりに心配したのである。私は大人しくタクシー乗り場に並んで順番を待った。

病院の構造はわかりにくく、私はいきなり困惑した。要するに、病院の通路も壁もぐるぐるしていて、部屋とか、診察室とか、エレベーターとかがわかりにくかった。女医さんは内科で、二階であった。二階へは正面を縦に動いているエスカレーターがあった。最近私はこれを使わなかった。乗る時も、降りる時も、途中でもなかなか不安なのである。それでエレベーターを探すことにした。正面出入口を入ってすぐのロビーで、いくら眺め廻してもエレベーターらしきものはなかった。右側の壁面には、中央受付やら、会計やら、初診受付やらの標示があり、正面には薬局と、高い所に薬局呼び出しの電光掲示板があり、正面左手奥にエレベーターの案内が矢印で表示されていた。私はやっとの思いでのこのことその下へ歩いて行った。しかしそこからいくら覗き込んでもエレベーターがなかった。私はコーナーにあったコンビニに飛び込んで聞くことにした。

「エレベーターなら、この裏へ廻ってもらいまして、通路の反対側にありますよ」

私は親切な店員に礼を言ってコンビニを出たが、この説明だけでも充分にややこしい案内であった。たしかに、コンビニの裏側の通路は、コンビニを巻くようにカーブしていた。カーブの続きで広い通路があり、反対側にも広い通路がある。まだエレベーターは見つからない。すると、広い通路の真向かいにある切れ込みに出入りしている人達がいるのがわかった。何とそこがエレベーター三基の乗降口になっていたのであった。乗降口が通路に面して横に並んでいたらわけもなくわかったのに、ここでは切れ込みに沿って奥の方へ並んでいたために、通路からは人の動きがなければ全くわからなかった。

病院の通路は、目で真っ直ぐに見通せるようにはできていなかった。真っ直ぐに歩いて行けば、そのうちに必ず受診科に行き当たる、というふうにはできていなかった。エレベーターで二階に上がっても、内科のコーナーは、すっと自然に見通せるようにはできていず、何やらあちこちいっぱいある中の一箇所という感じで見つかり、私はそれだけでもひどく疲れた。たしかにさまざまな表示に従えば何でもないのであろうが、表示へ行き着くまでのさまざまなことに疲れはてるのである。表示も単純、構造も単純なのがいい。通路はカーブを切らない方がいい。カーブを切っただけで、どちらを向いているのかわからなくなる人もいる。

私は内科の受付へ行き、名刺を出し、次のように言った。取り次いでくれたのは二人の内の若い事務員である。

「私の本を渡したいので、ちょっとだけ面会したい」

最初彼女は怪訝な表情をした。そして、「ご予約は取っておられますか」と言った。

「ない。それは取ってない」

普通こんな場合、「ご予約」と言うのかなと私は思ったが、彼女の口から「ご予約」云々が出るとなると、私は神妙にならざるを得なかった。

私は座って待つように指示され、彼女は奥の方へ引っ込んだ。

次に彼女が現れたのは、受付のカウンターの中ではなく、私が座っている椅子席へ廻って来た。

「あの、先生はこういう人を知らない、だから、知らない人から品物を受け取ることができない、と申しております。それに診察中ですし」

その時、彼女はちょっとした表情をした。

「女の先生でしょう」

私はやっとの思いでそう言った。

「そうです」

そしてやりとりはそれだけであったが、私はげっそりして席を立つことにした。彼女が私を知らないはずはなかった。とすると、勤務中に、アポなしで面会を希望する不埒な人間など知らない、ということであったのだろうか。

私は自分の町のかかりつけの病院の医者を訪ねていた。彼は棟止め瓦の調査をこつこつとしていた。棟止め瓦というのは、小屋などの棟の両端に立てる瓦のことで、鬼瓦とは別様の、一枚板の粗末な飾り瓦のことである。しかしその瓦に描かれる文様にはいろんなものがあり、その文様を訪ねることで一種の分布図を作成することができた。そうするとそれは何かであり、彼がその論文集をくれたので、私は自分の雑文集を届けに行ったのだ。彼は診察中であったが、診察室から飛び出して来た。

「それで、その後収穫ありましたか」

こんな質問を彼にすることができるのは、二カ月に一度の私の受診日ということになるが、何だかうろに潜む魚でも捕らえるような言い方で此方もわくわくしたかったのである。

外出

久し振りで外出した。正確にはわからないが、一年振り位の感覚である。それが証拠に、バスは駅前へ乗り入れて、そこが終点となっている。従来はもっと手前の路上が終点であった。駅前終点はそれなりに便利であることにはちがいない。電車に乗って、金沢や京都へ行くにはわかり易い。しかし、駅に用事がないむきには、駅前まで連れていかれるのはやれやれということになる。用事は、普通町なかにあるのであるから、駅前まで連れて行かれて放り出されるのではたまったものではない。もっとも、従来の終点であった所でもバスは停まるので、そこで降りたければ途中下車をすればいいのであるが、老人にとって、途中下車ほど煩わしいものはないのである。

町なかの用事は二件あった。一つは、女房の句集を本屋に置いてもらう交渉である。これはむずかしいことではない。簡単にOKが出るだろう。そんなに年の開きがない店主とはお互い駆け出しの頃からのつき合いである。俳優にした方がいい位な男は、大卒後はくそ真面目に本屋業に専念した。都市の郊外に、青空駐車場を兼備した大型店舗を構える。この方針に、車社会を見越した戦略があった。金沢にも、横浜にも店舗を構え、その地の老舗書店に強烈な刺激を与えることになった。

そんな訳で、彼は生粋の商売人であったが、夢は、古書部を作って古書をあつかうことにあった。何時からそんな夢が彼を虜にしたのかは知らない。彼が若い頃外商部にいて、私の職場に回って来た時に彼の夢を既に聞いた覚えがあるから、もうかれこれ五十年も前からということになるだろう。個人的には、これが彼に対する信用の第一である。

「いやあ、もう今年古希ですよ。ひどいことになりました」

彼はそう言ってすっかり白くなってしまった頭を掻いた。

「カヤマユウゾウクンも古希になったか」

「またまた」

そんな彼のけれん味のない応対も、昔からのものであったために屈託がなかった。

「市長とか知事とか」

「それはないですよ。とにかく古希です。これはもう、ナイということではないですか」

そんなふうに言われると何も言えなかった。こっちも市中へ出るのに車をやめてバスにしている。やれ地下駐車場だの、やれ駐車禁止だのに厭になっている。それより、何時間待ちになるか知れないが、体一つの方がよほど気楽だ。

女房の句集を心よく並べてくれることになった。俳句は六十の手習いである。これは、義母の取ったコースとそっくり同じである。義母はそのために習字教室へ通うのだが、それも同じである。そして二人とも、教室へ通った成果はほとんどなかった。強いていえば、義母の方に少しおさらいの成果が出た。しかしそれは、女房よりは出たという程度で、頑固な筆筋が動いたわけではなかった。二人の筆筋は初めからかなり違い、似ていなかった。

十時のバスに乗り、十時半には書店に着き、十一時にはそれから知己の主催する書道展の会場へ向かった。歩いて十分程度、駅の西口から東口へ抜けると、すぐそこのビルの五階が書道展の会場になっていた。そこのビルではいろんな催しが行われていた。全てのジャンルの催しが計画されていたといっていい。格式ばらないためにいろんな無理が利くかわりに、気楽になり過ぎる嫌いもあった。とにかく知己の書道展はそこで持たれた。

「おうおう」

彼は真っ先に声を上げると、こっちへ歩きながら手を差し出して来た。

「代表じきじきの案内を貰うとどうしてもね」

「いやあ申し訳ない。ところでどう」

彼と会うのは数年振りである。同じ時期に前立腺の治療をした。私は小線源をやり、彼は陽子線をやった。彼が、「どう」と言うのは、間違いなくそれに関係していた。

「俺最近数値上っちゃってね。二カ月検診なんだけど、ぽんぽんと上がっちゃったんだよ。どうしてなんだと聞いたんだ。そしたら初めから数値がよほど悪かったんだと言われたよ。たしかに君より悪かったよね。しかしそんなこと言われてもね」

「しかしこっちも、ステージ5により近い4だと言われたんだから、最悪の状態だったことは間違いないよ」

「いやいや、俺のはもっとひどかったんだ」

ここで数値というのは、前立腺特異抗原（PSA）のことである。私のは36・5（正常値は4・0以下）、癌「転移あり」の症状説明を受けた。「骨転移なし」、「リンパ節転移なし」の検査を踏まえてなおかつ、「転移あり」を疑ったわけである。

彼が自分のはもっとひどかったと言うのは、たしかPSA数値が40に近かった。いずれにしてもお互い正常値よりゼロ一つ違ったのである。それから二人共定年退職し、彼は陽子線治療を選び、私は小線源治療を受けた。この二つの治療の効果について、私の場合は小線源に信頼があったわけではなかった。陽子線治療については、その頃県の医療行政上げての梃入れが新聞紙上を賑わしていた。私は真っ先に病院の窓口を訪ねた。まだ窓口の体制は出来ていず、中年の看護師一人が応待した。正式の窓口の開設は一カ月後ということであった。私にはこの一カ月が待てなかった。

それで私は大学病院へ行き、彼は窓口の開設と同時にかねての病院へ飛び込んだ。その後のことは、彼と没交渉になったこともあり、彼も聞いて来なかったし、私も聞かなかった。お互いに同じ病気で病院にかかり、治療が初めからちがっていただけに、情報交換などする気も起きなかったというのが本音だっただろう。治療のちがいなど、知ったところで何の役にも立たなかった。

ただこんなことは伝わって来た。陽子線を正確に照射するために、身体の厳密な固定をしなければならず、そのために石膏枠を作るのだと。患者はその中で凝っとしていなければならず、これでは私などは神経的に参ってしまわないかが危惧された。私は陽子線治療を選ばなかったわけだが、そのことを考えただけでも正解だったと思い、胸をなで下ろした。

「まあ近頃はいろいろ治療薬があるらしいから、すぐにアウトにはならないらしいがね。天皇の前立腺知ってるだろ。あれは手術したんだわな。我々のは手術不可。つまり初期段階なら手術したわけだ。我々のは手術の意味がないからしない。つまりそこに天皇と我々の違いがある。ところで天皇はどうなのかというわけよ。薬物療法に入っているのかね。問題はその薬だが、俺は念のために病院に同じ薬はあるのかと聞いたわけさ。そうしたら即座にあると答えたよ。だからあるんだよ」

彼はここまで一息に喋った。癌同期生に久し振りに会って、黙っていられなかったのだろう。同時にそれは、病状についての気楽な情報交換が目的であったにちがいない。彼には病状に変化が出て来た。人様のことが気になるのは当然である。

「君は晩酌やってるか」

「いや、ずっとやっていない」

「いない」

彼は念を押すようにそう言った。

「晩酌は昔からやっていたわけではないよ。ただ、君と一緒だったりすると大酒をやったね。人の三倍も飲んだと思う。これがしょっ中だったが、此の頃は滅多に声がからないからね。酒を飲む機会が圧倒的に減ったよ。原因はわかってるんだ。友達が死んでいなくなったか、車椅子になったかのどっちかになった。人は死ぬね。村の学校のクラス会にしてもそうだもの。二年おきにやって、その間に必ず誰かが死んでる。そろそろ元気がなくなって来たということもあるが、人の死の報告を聞くのが怖くなって、喜寿の次のクラス会の話は何処からも出なかったね」

「俺は毎日晩酌やってるよ。やめられんね。いいとか悪いとかは別にして、やめられんのだよ」

「やめなくてもいいじゃないか。やりたいことをやるさ。前立腺に悪いなんて誰も言っていない」

「そう、それはそうなんだが、前立腺には酒飲みが多いのね。医者は関係ないと言うが、どうも大酒はいかんらしいよ。俺は昔は晩酌でも三日に一升瓶一本空けた。いくら何でも、これが毎日では、一ヵ月に一升瓶十本だよ。ゴロゴロだ」

こんなことを、展示会の会場の正面に据えられている長椅子にすわって二人はいつまでも喋り続けた。途中で、受付にいた女性が別室でお茶を淹れたいからと言って誘いに来たが二人は動かなかった。彼女が置いて行こうとした菓子も断った。

先刻からほとんど彼が一人で喋り続けた。さして饒舌とも思われなかった彼が、人が変ったようになった。話題もあちこちする。

「この会の目的はたった一つ、製作の研鑽に励み、会員との親睦を図る、というものだがね、この後の方がだんだんおかしくなって来たんだ。当番をしない。後始末には来る。後始末の日には自分の作品を持ち帰らなければならんからね、当然出て来るわけだ。それ一回しか当番をしない。大所帯ならともかく、こうした小所帯の会では何回か当番をしなければならん。自分がしなければ人の当番がふえる。こんな簡単な理屈がわからんはずがない。俺は我慢に我慢を重ねてついに断を下すわけさ」

そう言って彼は手をうなじへ持って行き、首を切る仕草をして見せた。

「会員数が近年ぐんと減っている上に首切りではどうもね。かと言って黙視するわけにはいかんでしょう。人間の問題です」

私は彼と別れると、バスの時刻表を見るために駅前へ引き返した。少し雨が降っていた。雨具は考えた末に持って来なかった。

駅前は半分に仕切られて、半分がバスの発着場、半分がタクシーと自家用車の発着場になった。ただでさえ狭かった駅前にバスが乗り込むことになったのである。バスは円型ターミナルに乗り込む。一つの発着場から何本ものバスが時間差で発車する。混乱はない。ただ円型ターミナルの屋根があまりに狭い。雨が降れば足場はびしょびしょになる。吹き曝しの雪日などは乗客は何処で待てばいいのだろう。木の長椅子が思い出したように置いてあるが、これは老人用のものか。それにしても圧倒的に数が足りない。これも吹き曝しの雪日などに利用する人は皆無だろう。雪国を知らない人の設計というより、図面でしかものを考えない人の設計としか言いようがない。

下りのバスは3番線から三時半の発車である。確認してわかった。只今十二時半。これから三時間の時間をどうするか。タクシーはあるが、四千円もかかるので馬鹿らしい。そんなくらいなら、駅ビル内の和食の店でいっぱいやった方がいい。以前にそこで友達の電車の時間まで軽くやったことがあったが、杖をついて入って来た老人が、出し巻で銚子一本飲んで出て行った。

「いいねえ」

友達がそう言い、私も期せずして感心したが、あれを真似ればいい。それにしても、と私は考えた。時間があり過ぎる。

私は駅ビル内の商店街をぶらぶら歩き、酒店を覗き、干物店を覗いたりしてそこを出ると、目の前にあったのが例の和食の店であった。私は入ることにした。昼食を摂るためである。この店は、案内の指示で動くことになっていたが、広いカウンターにはサラリーマン風の中年の男が一人いるだけであった。賑やかな客の声は、カウンターの後ろにある個別のボックスから聞こえて来ていた。丁度ランチの時間帯であった。私は一人でランチをしたことなどこれまでに経験がなかった。どんな場合でも、相手は女房か友達であった。友達の場合であると、美術館の喫茶部でないかぎり、一杯のビール、一本の銚子を注文するのが普通であった。

カウンターにすわるとすぐ、蕎麦と玉子丼のセットを注文した。あらかじめ店の前の立て看板のメニューを見ていたのである。玉子丼にしたのは、杖の老人の出し巻の印象が強烈であったからである。

蕎麦は、たっぷりの汁の中で泳いでいた。どうしてこうなのか。贅沢といえばまことに贅沢なのだが、もう二筋か三筋の蕎麦を足してくれないか。和食の店の系列は金沢であった。私は金沢では蕎麦を食したことはないが、客が注文して食べている蕎麦がそんな風であった。

玉子丼は絶妙であった。私は此の頃は丼物はスプーンを使うために、回ってきたウエイターにスプーンを頼んだら、「蓮華ですか」と返して来たので「そうだ」と答えた。これも大抵の店がスプーンを頼むと蓮華を持って来るので驚かなかった。

珍しくランチを堪能した。私は満ち足りた気持になって店を出た。さてどうするか。時間はまだ二時間半もある。並の時間ではない。こっちも鷹揚な気持で時間と向き合う必要がある。途中に昼寝を入れる。これは、先程書道展の会場からエレベーターで下りた時、がらんとした広いスペースでてんでにくつろぐ人達の姿を認めたからであった。あそこでなら昼寝も御法度ではないだろう。たしか、図書館の階に隣接するフロアのはずである。そんなふうに決めてしまうと、いくらか気持に余裕が出て来るようであった。

私は距離が近かったこともあり、駅前の古書店に入った。年に一、二度は覗く店である。難点は値段が廉くないこと。もう二十年程も前になるが、電車で帰るという学者を駅前まで車に乗せたことがあった。彼は後に葉書に、「あれから駅前の古書店へ立ち寄り、谷崎全集の新書判の端本を買って帰京しました」と書いてきた。もうこれは、こうなってくると、家に無いから買ったというのではなく、端本であれ何であれ、人に渡したくないという心情が働いたというしかない。こんなふうな本好きは、狭い家で（狭い家に決まっている）、本にうずもれて生活しているのだろう。本を買って来て、結んだ紐をまだ解いていないものもいっぱいあるのだろう。この種の学者達は間違いなく貧乏である。そして、毎日の食い物にしても、少ししか摂らない。

彼が買った本など、普通の古書店は絶対店に出さない。掘り出し物のレベルではないからである。何でもかんでも、あるものは全部出す、ということであれば、名もない田舎の駅前の古書店なら似合いそうである。数奇者の目のつけ所もそんなところにある。

私は高名な学者に同情した。彼は、細君の介護をしているため、宿泊をともなう行事は一切駄目で、こうして車に乗せてもらったので、一本早い電車に乗ることができて助かるとも言った。要するに、日程をこじ空けるようにして電車に飛び乗り、電車の中を走るようにして帰って行ったのだということであった。彼の死を私は新聞で見た。あれから何年も間があったわけではなかった。私は細君のことをちらりと思った。彼女がもし存命なら、食事をどうして摂っているのだろう。彼が食事その他の全部を引き受けていたと思われたからであった。

私は古書店の奥の方へずいと入って行って棚を見た。棚には本が二重になって並べてあり、奥の方にある本を見るためには、手前にある本をどけなければならなかった。しかしこれは理にかなっているわけではないので、客にしたら、もうそれだけで本棚を見る気がしなかった。これは、自分の書斎の延長である。店主はその発想のままのやり方を店に持ち込んでいる。

自分の書斎であっても、本の二重積みは時間の経過とともに厄介なことになる。奥の本についての記憶が薄れるからである。やはり本は背文字が読める状態にしておきたい。それができないなら、もう本など買わないことである。

まだまだ時間があるために、駅の商店街に戻ってコーヒー店で時間をつぶすことを考えた。前にも友人と何回か入ったことがある。酒の後、バス持ちの時間をつぶすためである。しかしその時は喋る相手がいた。カウンターでなく、テーブルを囲むことができた。そこで三十分なり、小一時間なりの時間をつぶすことができた。特別に話すことがなくても、さまになった。カウンターで、コーヒーだけでぽつねんと小一時間もいられるわけがない。人のことは知らず、私にはそんなふうにして時間をつぶすことはできそうにない。

それで、窓越しにその喫茶店を覗いただけで、反対側のコンビニへ入って新聞を一紙買った。次回に新規購読として考えている新聞である。何のことはない。三大紙のうちで、まだ一度も購読したことがないという理由で考えている新聞である。それを摑んで、先のビルのエレベーターに乗った。

四階の総硝子張りのフロアからは、市街地を一望のもとに見渡すことができた。生憎雨模様のために、市街地から向こうの白山連峰やら、奥越の山脈の眺望はかなわなかったが、それでも背筋をぴんと延ばして外を眺めている老人などがいて、外にも何人かの人がいるにはいたが、話し声などは聞こえてこなかった。老人の姿を見ていると、いずれ晴れてきて、眺望が利くようになるのを待っているふうに見え、こんなふうに時間を費すのも悪くないのだと思った。多分彼は、毎日此処へ来ることを日課としているにちがいない。冬は温く、夏は涼しい。図書館の階のスペースということはあったが、借りた本を此処で読むことができる。しかし今日は図書館は閉館。私は図書館でたっぷり時間をつぶすことも考えていたので、ついていないことははなはだしい。

新聞はさして読む所がなかった。どうしてこうなのだろう。暇つぶしのために買う新聞は大抵つまらない。長距離電車に持ち込む新聞もそうである。私も背筋をぴんと伸ばして外を見ていた老人のスタイルを真似て新聞から目を離すと、彼はすっと起ち上がり、フロアを去って行った。しっかりした足取りであった。そして、彼は私より若いのではないかと思った。近頃はよくそんなことがある。老人老人して見える老人が自分より若いのではないか。するとそこに、もっと年取った私がいる。私が見ている老人以上に、私は老けた姿で相手の網膜に映っている。

しかし私は途方に暮れた。まだバス時刻まで一時間半もある。市中にいる女房と連絡を取っても、彼女も身動きできないだろう。不機嫌な彼女の声を聞くのも嫌だ。

私は椅子に座ったままで昼寝をすることにした。背凭れなどなくても、目を閉じてみて、案外昼寝ができるのではないかと考えた。むろんそこで昼寝をしている人は一人もいなかった。私は、車の中でも、シートを倒して、五分なり十分なりの睡眠をとることができる。女房が隣にいようといまいと関係がない。いかにも自己本位である。私は覚えがあったのでそのまま目を閉じると眠りに落ちていった。

車で仮眠する時、五分か十分程度で、睡魔の芯のようなものが取れて、頭が生き返ったようにすっきりすることがあった。

「何分寝たかね」

そんなふうに、私は隣に座っている女房に聞くのであったが、彼女はその度に、「五分」とか「十分」とか、稀に「二十分」とか、面倒くさそうに答えるのが常であった。

「へえ、随分と長い間寝た感じがするな」

「鼾をかいていたもの。気持よさそうだったよ。鼾はほんの二、三分だったけど」

まさに、そうなると、仮眠は私の特技というしかなかった。私はそれを育った家の構造というふうに考えることがあった。高い天井と、広い部屋を独り占めすることができた子供の頃の環境では、睡眠不足ということがなかった。戸を閉め切っていても、酸素が欠乏すること等考えられなかったからである。外祖父は、囲炉裏の煙で真っ黒に煤けた梁むき出しの御上で昼寝をした。甚平と褌だけで広い御上に寝そべる彼の頭の辺からは、ゴロゴロ、ゴロゴロと鼾がもれて板間を転った。私は不思議なものでも眺めるように、その光景をいつまでも眺めていた。

村の環境にあっては、睡眠が妨げられる等という事情は絶対なかっただろう。私はそれを、長じてからは、家の中の酸素の絶対量にあると考えた。御上では、酸素は無制限にあった。だから、外祖父の鼾は御上を音楽のように転ったのである。

それに較べると、私が席を置いたあらゆる教室、女房と一緒になって住むことになったアパートの必要最小限度のかっちりした小部屋では、いかにも酸素の絶対量が少ないとしか言いようがなかった。車の中でも事情は同じである。私の肺活量は、高い天井に慣れているせいか大きくはない。低い天井の空気の中にあっては、少ししか酸素を取り込むことができないので、熟睡できずに日中になっても眠くなる。前触れもなくとろとろとやることになる。高校生の時、最後の起立の時にとろとろやっていて級友に笑われた。自分だけ起立しなかったのである。

とにかくそんなことで、日中に眠くなる。眠くなってしまうと、上唇を舌などでどんなに甞めまわしてもブレーキが利かない。すぐ鼾を立てる。気持よさそうであったと女房は言うのである。羨ましいとも。

私はがばっとはね起きるような感じで目が覚めた。一瞬今自分のいる場所がわからなかった。前の方の椅子には、年とった四人連れの女達がぼそぼそと喋っている。むろん彼女達がいつ来たのかは知らない。その彼女達もそろそろ退出する様子である。そうすると、かなりの時間が経過しているのかもしれない。私は彼女等が退出するのを見届けて階下へ降りることにした。

一階の受付で念のために時間を聞いた。

「ここに出ていますよ」

二人で喋っていた一人の方がそう言って側の時計を指さして見せた。バスまで、まだたっぷり一時間はあった。それにしてもよく眠ったものである。三十分は眠っている。これまでの記録の倍である。私は少し照れくさい気持のままビルを出た。

それから、昼食を摂った和食店へ戻って酒でも飲むかと考えたが、バスに乗ってからのパニックを考えるとそうもいかなかった。終バスに乗ったのはよかったが、途中で小用をこらえることができなくなり、大橋の手前でバスを降りなければならなかった。村の停留所までは、まだバス停を三つも経過しなければならず、四つ目のバス停まで歩くのである。

友人達は、大橋を渡ってから、左手に大川を眺め、大川に沿ってずっと遡る景色は絶景であると褒めそやすのであるが、夜の九時近くになって終バスを途中下車した身になってみれば、そんなところではなかった。なかなか距離が稼げなかったのである。おまけにこの街道は、夜間は猪の跋扈する街道に変る。朝になると車にはねられた猪の死骸が転がっていることは少しも珍しくない。私は街道わきの畑から一本の金のポールを抜き取るとそれを引きずって歩いた。ポールはカラカラと音を立てた。たまに杖にしてついて歩いたりもした。自分の村のバス停まではいかにも遠かった。ポールは家の駐車場の猪柵に立てかけて記念とした。金輪際使わないという覚悟である。

私は商店街のスーパーを探検することにした。スーパーの品物を見て歩くのは好きなので、特に欲しいものがなくてもぶらぶらすることがあった。ざっと見て歩いて、レジの所まで来た時、そこに見覚えのある男が立っていたので声を掛けた。

「やあ」

「おおっ」

男の買い物籠には玉葱やら何やらがいっぱい入ってふくれていた。玉葱以外がわからなかったのは、ネットに入った玉葱だけがむき出しのまま何個も見えたからであった。

「僕が作ってるからね」

彼は大きな声でそう言った。

彼と前に会った時、彼はそんなことを言っていて私は知っていた。娘夫婦が共働きでやっており、朝は早く、夜は遅いので彼が炊事を担当している。細君は長患いをしてもう何年も前に亡くなっている。彼の「僕が作ってるからね」には力があった。

「僕は怒るんですよ」

彼は前回の時そんなことも言った。私には彼が誰を怒り、何を怒るのかは、聞かずとも解る気がした。彼の中には、多分何事においても、男の領分とか女の領分とかに区別がなかった。娘夫婦に飯を作る時間がなければ、父親の彼が作ったのである。したがって、彼のこうした合理主義に、人が違反すれば彼は怒ったのである。

彼がレジでお金を支払っている姿はさまになっていた。堂に入っていたのである。

彼は自らの作品を、ソウルでも、イタリアでも、ドイツでも並べた。つまりこんなことが、彼の自信に満ちた合理主義のすぐ隣で行われていた。いったい両者はどう結び付いているのか、いないのか。これについては、結び付いているにちがいないと思うものの理屈で説明はできなかった。

するとそこへ中年の御婦人が突然現れて声を掛けてきた。

「ご無沙汰しております」

御婦人は、彼と私に同時に挨拶しているものと私は見たが、彼は「おおっ」と応じたものの、私にはとんと記憶がなかった。彼女はつるりとした素顔で美しい人であった。私が怪訝な顔をしていたためか彼女は向き直って口を開いた。

「堀ノ宮の家内でございます」

私は飛び上がらんばかりに驚いた。そうした自己紹介をする人がいたのである。そしていっぺんに彼女を思い出した。音楽会で一緒であった。その時は娘さんがずっとピアノを弾いていた。娘さんは母親に似ていた。

その時は既に彼等は別居していた。彼等の別居は、そうすることでむしろ夫婦の関係をつき放して見るとかといった問題とは関係がないように思えた。要するに亭主はライフワークを一人で続けたかったというのにすぎなかったし、彼女は彼女で近くにいる孫の世話ということがあった。私は彼女の亭主とつき合いがあった。しかし彼は自分の別居について私に話したことは一度もなかった。

堀ノ宮夫人は、「私達まだ別居しているんですよ」という一言を残して、にこやかにスーパーの人混みの中に消えた。私は彼女の亭主が一度も言わなかったことを夫人が唐突に言ったことに対して疑問を感じなかった。それは、毎年年賀状を書く時、二つの住所を前にしてどうするかなと思うからであった。彼はむろん若くはなく、加えてずっと病弱でもあった。彼が倒れれば別居は解消だろう。夫人の一言は、私が毎年経験する年末の逡巡を見越したようなものであったと考えれば、特別なことでも何でもなかったのだ。

夫人の後ろ姿を追ったがもうわからなかった。それならという気分で、私は一度巡ったスーパーではあったが、何かを買うつもりで再び中へ入って行った。彼等にあやかるつもりであった。

駅のスーパーは案外人気がある、とはたまに人から聞くことであった。老舗の肉屋も魚屋も入っている云々。特に肉屋の本店などは、薩摩芋を混ぜたコロッケを販売して評判を取ったとか。

私が魚屋の前へ来た時、ラップでパックされた鰯が店頭に並べられるのを見た。一パック百円。よく見ると一パック約十尾詰め。やや小振りではあるが、鰯は色もよく鱗がびっしり付いている。一パック百円也では投げ売りである。これでは手間も出ない。しかしこうした目玉を随時折り込むことによって、魚屋の人気が高まる。客はそれも買うが、あれも買うことになる。別の行きつけの魚屋ではあったが、修理した小鯵十尾のパックをやはり百円也で売っていた。スーパーを一巡して戻って来ると、もうその小鯵のパックは一個もなかった。

私は鰯のパックを二個も買い、さも得をしたような、拾い物をしたような気分でレジに向かった。

これで饅《ぬた》と摘入《つみれ》を作る。パックの一個は饅、もう一個で摘入という計算である。そんな料理を客人に出せ。鰯やら鯖やら鯵などを貧乏人の食する青物と言って馬鹿にするな。蟹だけが魚ではない。もっとも蟹を所望する客人には出せばいい。しかし一ぱい三万から五万もする蟹が売りでは長続きするはずがない。雑魚を出せ。雑とは雑木林の雑のイメージである。こんなことを、三国やら芦原の旅館を経営する知人には言ってきた。彼等はよく解ったと言う。しかし彼等が実行しているという形跡はない。どうするつもりか、と思う。三時半のバスの発車時刻まで、まだ二十分はあるなということを頭の隅に入れながら、私はバス停まで商店街をゆっくりと逆流した。

スパティフィラムの白い花

収骨台車に乗せられて、みよの遺骨が炉から戻って来た時、彼は遺骨のあまりの白さにたじろいだ。昔から、焼いた骨というのは、こんなにエナメル質のような白さだったのだろうか。もとより骨の色であるから、そこに透明感などあるはずもなかったが、彼はここ一カ月ほどの間に、いくつも花を付けたスパティフィラムの白い花の色を重ねてみないわけにはいかなかった。

スパティフィラムはなかなか花を付けなかった。花を付けたのは何年振りかである。梢に、「十何年振りかね」と言ったら一笑に付された。前のやつが駄目になって、今度のは新しく買い替えた鉢であるから、考えてみれば何年もは経っていないのである。しかしとにかく、スパティフィラムは長い間花を付けなかった。二つの鉢が家の中を出たり入ったり。彼はこうした世話を一切しなかったが、梢は、どんな場合でもねばり強く熱心に世話をした。

みよが愈々駄目かな、ということになり、家族の皆んなが納得せざるを得なかった時、スパティフィラムは無数に白い花を付けた。

無論その時みよはまだ生きていたから、みよとスパティフィラムの白い花とを結び付けて考える者は誰もいなかった。

「へえ」

という感じである。

梢にもわからなかった。特別のことをした覚えがない。ただ家の前へ鉢を運んで、せっせと水をやったことは確かだ。亭主は草の花などは本物と思っていない。これとそれとは話が別だと梢は考えているが、言ってもはじまらないから言わない。とにかくスパティフィラムが無数の白い花を付けた。かつてないことだった。彼等は、何となく、スパティフィラムの白い花を遠慮がちに眺めた。そして心から慈しんだのである。

みよの柩が家を出て人手に渡ってからは、身内以外の人達がよく働いた。その中心にいたのは葬儀社の沢田君である。沢田君は一人しててきぱきと霊苑の女子職員に指示を出した。この辺はなかなかよくできていて、彼が腹を立てなければならないことはなかった。

「二つ弁当を減らしてよ」

「いいですよ。まだ間に合います」

「すまんね。何しろ年寄りが多いからいきなりだ」

「大丈夫です。よくあることです」

沢田君は六時からの通夜を控えている。それと弁当の数の世話。次々と持ち込まれる生花の序列。さすがに規制をかけていた親族からの供物の持ち込みはなかったから、この辺でばたつくことはなかったが、そんなにあるまいと考えていた生花が結構あって、彼は意外な気もし、驚きながらそれらを眺めていた。どうもその原因は、父か母が、かつて生花を送ったことの返しにあった。たしかに送り主は代替りしていて何もわからないが、送られた方は控えがあるのでわかるのである。

「ふうん、ふうん」

と言いながら、彼は梢と生花の前に立って送り主の名前を見て歩いた。むろん彼等にわからない名前がいくつかあった。しかし一応生花の序列がついていることからすると、弟や妹の指示かも知れず、又送り主が彼等の関係者であるのかもしれなかった。

要するに、こうした行事は、いろんな人が何処かで関係して、重大な間違いを犯すこともなく、順調に執行されるものだということを、彼は今更のように感じた。喪主は喪主であるが、かざりであっても一向にかまわないのである。ただ喪主であることをあくまで主張しようとすると、順調に進んでいるものまでが毀れていく。見えざる手、ではないが、何かそういったものがよく働いて、さして狂うことなく物事が進捗していくさまを彼は感じずにはいられなかった。

「いいですか、お涙頂戴は嫌ですよ。まさに天寿を全うした今日はお目出度い日なんだから、にこにこで行きましょう。にこにこ」

喪主から注文を受けた沢田君はすずしい顔をしていた。しかし本当に希望通りにやってくれるのだろうか。もしその通りにやってくれるとしたら、まさに奇跡である。それほど彼は葬儀社の司会を信用していなかった。彼は最近も知人の葬式に出、冒頭の「真宗○○派○○寺住職○○導師の御入場であります。御一堂様合掌……」からして彼はいたたまれなくなり、思わず耳を塞ぎたくなる衝動に駆られた。こんなことは彼一人なのかもしれない。彼は一人でも何でもいいやと思った。ただ我が家のことで怖気の立つことだけはご免だ。

そんなわけであったが、彼は今夜の彼の仕事として唯一やらなければならない通夜挨拶については、紙に書いて来たので簡単にみよの若い頃についても触れながら話すつもりをしていた。ただこの通夜挨拶については、弟にやって貰ってもいいと考えていたので、そのことを直接聞いてみたが返事はにべもないものであった。彼には、これについても、最近の知人の通夜の時、この通夜挨拶を喪主の兄ではなく、弟がやっていてそれもあるかなと思っていたからであった。なかなかよかったのである。特に、弟の挨拶には肩肘張るところがなかった。

しかしせっかくの演出がこうしてぽしゃってしまうと、味気ない現実しか残らないような気がして彼はしょんぼりした。逆に、かくなる上は、そつなくこなせばいいということになるから、なりゆきにまかせるしかないことを彼は改めて感じた。

みよが夜の九時近くに死去し、通夜がその翌々日になるということについては、どんな規定があるにせよ彼には違和感があった。ドライアイスとかがなかった時代には、相当の困難があったのではないか。現に、二日目の夜になって、研究室から夜遅く帰って来た息子が、みよが汗をかいているのを見つけるということがあった。

「あ、おばあちゃん汗かいてる」

ただそれだけであったが、隣の部屋にいた彼はぎょっとした。

みよもつらいのだ。みよもつらいし、皆んなもつらい。連日の暑気を乗り越えようとして必死だ。どうにかならないのか。こんな所まで来て、死者にまで我慢を強いるというのは間違いなく狂っている。彼はそう考えたが、それでどうなるというものでもなかった。

「汗が出ているなら拭いてやるか」

彼はそう言って立ち上がろうとしたが、息子が、「もう拭いた」と言ったのでやめた。

二日目の朝になり、約束の時間にきちんと白衣を着た納棺師が二人来た。

彼は早速彼等に頼んだ。父親の時に懲りていたからである。

「いちいち喪主を呼び付けないで欲しい。勝手にやってもらう。とにかくまかせるから」

側にいた沢田君がとりなしてくれた。

「断りなくすすめていいということですね」

「そうだ」

彼は気が立っているわけでもないのに吐き出すように言った。

そんなことは、いちいちご下問にあずかることではない。黙ってやれ。黙って麻木を折って詰めろ。

彼の頭の中に子供の頃の記憶が蘇った。老人の遺体が棺桶にやっと納まった。老人は大兵であった。水運の事業をしていて、羽振りがよく、母家の横物の瓦には波しぶきに魚がはねていた。そうした瓦は近在の家にはなかった。

何人かの男衆が棺桶の隙間に白い麻木を折って詰める。その音がポキン、ポキンと響く。男衆は無言である。いちいち死者の家の者に聞いたりはしない。別の場所では、別の物事が行われている。家の中は何処も彼処もぴかぴかに磨かれている。柱も長押も帯戸もぴかぴかである。故人の丹精、性分であったことは皆んなが知っている。そんなことを頭の隅に置きながら、子供達は棺桶を遠巻きにしながら麻木を折る音を聞いている。

彼はそんな納棺は本物でよかったと思っている。

「こんの家のお父っあんは大きかったたさけ、足をたたまんと入らんかったわい」

男衆の一人がぽつんとそんなことを言う。独り言、呟きである。独り言、呟きは何も珍しいことではない。よく聞くことである。若い者らはそんなことを言わないが、年を取ると、男も女も独り言、呟きが多くなる。その続きで納棺、焼き場、拾骨というふうにことがすすめられる。

「もう一つ言っとくよ。足に脚絆をはかせないでくれ。あれは、滑稽だからね」

そんなことが、はたして今日行われているのかどうかを彼は知らなかった。しかし沢田君はこう言った。

「はい、そうします。承知しました」

沢田君の返事はあっさりしていた。そんなことがまだ行われているかどうかに触れずに、すぐ引くのである。そんなふうにすすめていけばトラブルはない。損得の話でもない。であるならば、葬儀社は何も主張するには及ばないのである。

そこへもう一個弁当減の要請が入って来た。行けない、のではなくて、弁当の時間に着けない。慌てずに行くので、弁当なしにして欲しい。弁当一個ぐらいで慌てて怪我をするのも嫌だから、というのが理由である。発信の主は、従姉の結婚式の時も遅参した。この遅参は、現地へ着いてはいたのだが、ホテルを間違えた。違うホテルでずっと待っていて、どうも変だと気付き、慌てて駆けつけたというわけであった。

「バカが」

会場を出たり入ったりしていた彼の父親は一言そう言ったが、本人がいないのだから力が入らなかった。

「弁当が一つ要らないことになったよ」

彼は沢田君にそう言った。

「何、弁当の一つや二つ位はどうにでもなるさ」

彼が続けてそう言ったのは、沢田君が珍しく面倒臭い顔をしたからであった。沢田君は腕時計を睨みながら、「ちょっと無理かなあ。一時間前までなら何とかなるのだが」と言った。それで、それは無かったことにした。

彼は、話がいかにもみみっちく、けち臭くなっているのに気付き、反省した。この場合、足りなくなる話であっても彼等夫婦が調整すればいいのであるし、余るのであるからどうということはないのである。

葬儀開式三十分前になって、沢田君は遺族席の整理に入った。彼は遺族席には、みよの子供とその連れ合い、それに少ない孫達を並べるつもりをしていたが、妹の亭主が既に欠けているので、夫婦で並ぶのは喪主だけにした。孫達は変らず。「それでいいか」、と沢田君に聞いたら、「問題ないですよ」ということであった。

それから、焼香は、右側の親族席から左側の一般席に移り、いずれも頭の方から順にすすめてもらう。自治会は、会長以下最後になる。焼香については、これだけでも常識を破るものであったが、これは打ち合わせが済んでいた。弁当席、翌日の会食席も特に指定席を作らず、この手のやり方で通すことにした。弁当も会食も、それらが並べてある所へ行って座ればよく、座りたくない相手がいれば離れて座ればよかった。これを、親族なら親族でかためてしまうと、不仲の親族の場合面白くないだろうと彼は考えた。兄弟でも、姉妹でも、お互い他人より悪い場合のあることも彼は知っていた。それでは、身内で固まろうとしない家族の名誉はどうなるのか。そんなものは勝手にしろ、というのが彼の方針であった。

こうした方式を覚えたのは、従兄が喪主をつとめた高円寺の葬儀に参列した時であった。そこでは、焼香順も何もなかった。確実にあったのは、喪主夫妻だけがいつもセットとして動いたこと。彼はそんなこともどうでもいいと考えたが、どうも喪主夫妻というのはかたちの核をなしているものらしく、これをも解体してしまうと、かたち自体が体をなさなくなるので、ということであるらしかった。しかし夫婦の不仲ほど一般的によくある話もないのではないか。

彼が高円寺で感銘を受けたのはこんなことではなかった。通夜の弁当席に、いくつもの大振りの鉢がテーブルにとんと置かれて、おでんやら、にぎりやら、薇《ぜんまい》の炊いたのやら、春雨と海藻の酢の物やら、キャベツと胡瓜の浅漬けやらが供されていたことであった。何処かで飲み屋の食い物のような感覚で彼は受けとめたが、格段の配慮であることは間違いなかった。喪主夫妻が田舎の出身であった。田舎の通夜の会食といえば、来客が不特定多数であったから、そんなやり方でもてなして、数をさばいたのである。彼の記憶に拠れば、時期ということもあるが、必ず供された料理に、赤芋茎《ずいき》の酢子《すこ》、金平牛蒡、炒り蒟蒻、大根の千切りと油揚げの煮付け、煮豆等があった。特に赤芋茎の酢子は、その鮮やかな赤い色と、甘くどいどろりとした味とともに彼はよく覚えている。

　霊苑には何軒かの仕出し屋が入っていた。彼は沢田君が比較的よいと言った仕出し屋の弁当を梢と試食して決めた。その弁当には無理がなかった。米もいい米を使っていた。米所としては、いい米を使うのは最低の条件であるだろう。それさえあれば、後は梅干し一個でもいいのだ。湯葉をすくってみたりする体験料理を折り込まなくても、ご飯を味わうだけで充分満足するというものだ。

　沢田君の進行に彼は腹を立てたり、ざらざらした気持になることはなかった。しかしどうして葬儀の司会進行がこうまで変化したのだろう。この種の場合も、二通りのものがあって、一つは喪主に合うようにできているのであろうか。それともこれは沢田君の資質に関係してくることなのであろうか。

いずれにしても、彼は沢田君に礼を言わねばならないと考えていた。しかし通夜のセレモニーが終ってもなかなか沢田君と個人的に向き合う機会がなかった。仕方がないので、霊苑の職員にそれとなく言うことにした。

「そうでしたか。この霊苑へはあまり出入りがない葬儀社なのでよく知らんのです」

彼女の反応はこんなことであった。「しかしよくわかりました。伝えておきますよ」とも彼女は付け加えた。

「よかったよ、吃驚した。おふくろも安まると思うね」

沢田君にはやっとこんなことを最後になって短く言うことができたが、沢田君はぽかんとしていた。それは、どうということないですよ、と言っているようにも見えた。要するに、自分達の仕事のうち、といった感じがあった。

霊苑へ泊ることになったのは、彼の弟、息子、妹の息子、それに彼の四人という陣容になった。彼は前に決めていたが、彼以外の三人も既に決めていて、彼が指示をしたわけではなかった。弟については、滅多に会わない二人の息子達も来ていたので、親子水入らずで自宅で過ごすのかなということがあったが、弟の意志は固かった。しかし弟の次男は家へ泊らずにホテルを取った。

「ビールは冷蔵庫に沢山詰めておきましたのでどうぞ。私共は明日の朝八時半に参ります。それではおやすみなさい」

霊苑の女の職員はそう言って帰って行った。

彼女が帰ってしまうと、四人の男達はごそごそと二次会の場所をしつらえた。部屋は三つあったが、各々に何処かで寝るとして、当面ビールをしっかり飲むこととした。彼の息子も甥っ子も酒は強かった。彼も弟も昔は強かった。

みよの柩は斎場にあったから、彼等の宿泊する部屋からは離れていた。彼は以前に、同じ斎場における夜伽風景を見たことがあった。それは、誰も居なくなった斎場で、通夜に使った椅子をどけ、その空間に何枚かの畳を敷き、布団を持ち込んで夜伽をする人達がもぐり込んでいた風景であった。彼の感想は、「ああ、あんな風にするのか」というものであったが、同時に、「あんな風にしなければならないのか」ということでもあった。

さすがに、もうそんなことは誰もしなくなった、ということであるだろう。ただ、死者を斎場に一人で置いておくわけにはいかないから、身内は同じ霊苑に泊るのである。

彼はひどく疲れていたので、二次会の席のある部屋の隅へ布団を引きずって来ると早々にもぐり込んだ。そのために、朝起きてくるまで、残りの三人がどの部屋で寝たのかは知らなかった。部屋はきれいに片付いていた。彼は早速近くのコンビニへ行き、三人のためにサンドイッチを買って来てテーブルの上に並べると、風呂を使うために自宅に帰った。自宅に帰って一時間もしないうちに、はや弔問客が来ているという連絡が携帯に入った。客の音声も入って来た。

「すまん、調査に行くためにこんな時間になった。これでも家を出たのはまだ暗いうちだ。相変らずばたばたしている」

客はここ何年も会ったことがない知人であった。

それから彼は霊苑へ再び向かった。霊苑はすぐそこだったからこんなこともできるわけだが、いずれ自分の時、息子がやはりこんなふうにして霊苑と自宅を往復するのだろうか、ということにちらりと思いが行った。今は息子は霊苑にいて、彼の不在を充分に補ってくれている。彼が頼んだわけでもなく、息子から申し出があったわけでもない。彼にとって息子は申し分なく働いてくれている。しかし息子は自分の息子については悩んでいる。片時もそのことが息子の頭の中から消えたことはないだろう。

八時半に約束通り沢田君が現れた。前日の通夜の司会進行については問題がなかった。それを今日の葬儀のためにもう一度念をおす必要はないだろう。ただ彼には沢田君に相談したいことが一つあった。それは、最後の喪主挨拶をかみ手でやったらどうだろうということであった。普通は、しも手に下ってやる。あれは如何なものか。

「いいですよ。あまり例はないですが」

沢田君は彼の考えをあっさり認めてこう言った。

「あまり例がない、というと」

「滅多にないです。しかしそこは喪主の考え方一つですから。こうでなければならんということは何もないです。式を遅らせとか、やらないとかいうことになると、関係者との調整がありますから今からでは厄介ですかね」

沢田君は明解であった。彼はそこに自分の学生時代から始まって、紆余曲折を経ながら、次第に集約されていった合理主義に通じるものがあるような気がした。それは、思想とかイデオロギーのようなものではなく、考え方、知恵というものであると彼は考えた。彼が五十年以上もかかってどうやら身に付けたものが、何のことはない合理主義であったことを、彼はたまに思い出して苦笑いをした。そんなことなら何も学生時代をやらなくてもよかったし、仕事をそっちのけにしてふらふらする必要もなかった。世の中に学歴のない知恵者はいっぱいいた。こう考えると、彼はいかにも高価な代償を払って合理主義を身に付けたものだ。こうした経路のようなものが沢田君にはある。しかしそうはいっても沢田君はどう見ても三十代である。沢田君は呑み込みが早くて、彼の方がいかにも鈍才であることが自覚される。

彼は朝家に帰って書いてきた喪主挨拶をいくらか手直しした。この喪主挨拶には二つのエピソードを盛り込んでいた。それをもう少し、聞き手にもわかり易いように補足した。

みよの初任地は海岸の小学校であった。その理由がふるっていた。海を見たかったというのである。そのために、行政の中心地の小学校をそでにした。こんなことが昭和初期の人事で考えられるのかということがあったが、そこはよくわからなかった。

もう一つは、みよが教員のかたわら、見よう見真似で四反百姓にしがみついて行ったということ。これは戦後の超不況と関係があった。この頃田圃のある教員が多く教員を辞めた。しかし不在地主で四反百姓でしかなかったみよの境遇では、教員を辞めるわけにはいかなかった。みよの生涯で一番辛かった時代である。

彼は後者のみよの苦労はよく知っていた。それは、彼も苦労したからであった。前者の海を見たかったというみよは知らなかった。海も見たかったが、行政の中心地にある小学校では自宅通勤が可能であり、みよはそれより独立したかったのではないか。これはみよの娘時代の話であるからむろん彼は知らないのだが、みよがぐんと近くに感じられたことだ。

彼は挨拶をかみ手でやろうと思うがどうかと梢に聞いた。梢は暫く考えてから言った。

「それは、よした方がいい」

彼は大体わかったので梢にはそれ以上は言わなかった。

このことは沢田君には伝える必要があった。しも手にあったスタンドマイクが女の職員によって動かされようとしていた。

「何だそんなことですか」

沢田君は一言そう言った。

彼が、「女房がうんと言わないので」と沢田君に言ったことに対する答えである。

参列者は前日の通夜に比べると嘘のように少なかった。ぱらぱらとしかいなかった。特に一般席では、通夜にも来てくれていた二人の白髪の老人が、席の後の方に陣取っていて目立った。彼等は彼のかつての会社の同期であった。左党仲間である。

葬式の規模は一仏六僧でやった。これが先代の時は三仏六僧で、内二仏が脇導師のあつかいであったから、息子の義父は寺の住職であったが、「まことに盛儀ですなあ」と言って感心した。何しろ脇導師を増員すれば、十万＋十万で二十万の御布施がプラスになった。導師は二十万である。

こんなことも、ここまで来るまでが大変であった。彼は寺から出されている目録、葬儀社が出している目録、それに義弟の時に実際出した目録を参考にした。義弟の家は寺の檀家総代を何代もつとめる家柄であったから、御布施の中身は自ずとその家柄が関係した。実際寺が出している永代経は二十万〜百万であったし、葬儀社のそれは二十万〜五十万であった。要するに、この按配はその家に拠った。家には財力と格があり、これは寺格と僧格に似ていてさまざまであった。檀家総代をしていた義弟の家などは、寺の普請とか御開帳でもあると、いの一番に高額寄進人の筆頭に名を連ねねばならなかった。同じように、御布施でも真ん中を取ったりすることはできなかった。だから、義弟の家の御布施の額は参考にならなかったが、彼は一応参考にした。それを参考にすると、どうしても御布施の額をつり上げなければならなかった。

上手くいったなと彼が思ったのは、葬儀の形式を一仏六僧にしたことであった。導師一人を六人の役僧が支えるのである。黒の僧衣が三対三で向き合うのは、すっきりしたことが好きだったみよの好みにも合っていたのではないか。しかしこれにしても盛儀である。略式の場合として寺から提出されているものには、一仏四僧があり、これはどら、鉢、太鼓一の鳴り物を使用する。この下には一仏二僧があり、これは鳴り物なし。実際にこの人数では人手不足で鳴り物が使えないからであった。

彼は現実には、こんなことを決定していくのに何日も費した。そして、よしこれで行こうと決めて後から見てみると、何とも辻褄の合わないことが見つかり、又やり直すという作業を繰り返した。自分で出した数字が、その時は説明できたつもりでいたのに、全く様相を変えて並んでいるのに閉口した。こんなことは、人にも、むろん梢にも言えたことではなかった。梢は梢で、自分の仕事を独自にすすめていたからである。そんなことは彼女は曖気《おくび》にも出さずにやっていることで、彼女は彼を立てている気持があった。そして各々が一つ段階をクリアしていればいいのである。

葬儀は比較的短くて済んだ。焼香が細々としかなかったことが、時間短縮に少しは影響した。長ければいいというのは彼の考え方の中にはなかった。それは浄土宗に反対とか、真宗に賛成とかということではなかった。どちらも賛成でない場合でも、長ければいいというのは、短ければいいというのに比して手強い気がした。

沢田君の司会進行は、前日にも増して淡々としていて、「喪主になりかわりまして」

等という文言は一言半句もなかった。

彼は前日同様、書いて来たものを見ながら挨拶した。前日よりやや長くなった。終った時は、梢が少し離れた所に立っているのがわかった。これは或いは彼が来てくれと言ったのだったかもしれない。

ただちに斎場の片付けが行われ、祭壇の柩が台車に降ろされて蓋が開けられると、みよは瞬く間に千切った花に埋もれることになった。彼はこれがどうにも好きになれなかった。花は故人の愛したどんな花でもなかった。友人の若き夫人が亡くなった時、柩を秋桜の花で埋めた。秋桜は夫人が愛した花であった。何だかそれだけでも、夫人の薄命を予測していたようで彼にはひっかかりがあったが、季節もよく、夫人の友人達の気転もよかった。あんなのは同じ花でも皆んなが納得する。

みよは、白寿の記念に、孫達が大枚をはたいて送り届けた胡蝶蘭を一夜のうちにかき毟ってしまったことがあった。施設の職員は平謝りに謝ったけれども、これはどうなることでもなかった。

みよは、今、圧倒的に多い胡蝶蘭の花芽に埋もれて窒息しそうであった。手も動かされないから、自分で花芽をかきのけることもできない。おかしいぞ。おかしいではないか、彼はそう思うが、彼もどうすることもできない。彼の中で一つの明解な結論が出る。

やはりこれは、送る人が自分の庭に咲いている花を一本持ち寄るのがいいだろう。庭がなければ野の花でも、山の花でもいい、それらを持ち寄るのがいいだろう。それもできなければ、一本の花を花屋で買って持って来ればいいだろう。

彼はそんなことを漠然と考えながら、みよの柩に寄って別れを惜しむ人達の流れを見ていた。何かを言う人もあり、一本の花芽だけを落として過ぎる人もあり、よく見ていたが、涙を流す人は一人もいなかった。彼は心なしか安堵した。それでよかったとしなければならない。その他に何があるか。

みよが入った炉は、炉前ホールの一番端にあった。炉の上に10と番号が打ってあった。ここへ来るまでにもう一度別れがあった。しかしこの告別室における別れの司会ほど御仕着せで陰気なものはなかった。霊苑の紺の制服を着た男がずっと進行をしたのだが、これこそ彼が最も忌み嫌った声調というものであった。葬儀社の司会が世論に敏感に対応しているのに、ここだけがそれとは無関係で生きている。彼はそう考えると、この前世の遺物のような声調に反発を覚えてふるえた。世の中では、墓石の精入れも流行らないというのに。

それから遺族は、告別室からも奇妙な声調からも解放され、骨が出来上がるまで好きなようにしていた。

身内以外の人達は、一度告別室に移った時帰って行ったが、この待ち時間の間にも第二陣が帰って行った。最後に残ったのはみよの弟妹達であり、喪主を含めた子供達とその連れ合いであり、孫達であった。少ない孫達も台風にはばまれ、電車のやりくりのついた者だけが顔を出していた。

だいぶして、喪主だけが先刻の制服の男に呼ばれた。彼は男について炉前ホールへ入って行った。

「この炉で間違いないかいの」

男は10番の炉の前でそう言った。その調子は、例の奇妙な声調のかけらもなかった。男は彼と一対一になって素に戻ったのだとしか考えられなかった。

「間違うはずがないけどの、一応念のためにの」

彼は、「間違いない」と言った。

まだ充分に若い中年の男に、彼の中でどっと同情心が湧くのを抑えることができなかった。

遺族は再び告別室に召集された。そこへ男が白い骨をいっぱい乗せた収骨台車を押して現れた。男は遺骨を三つの骨壺におさめてくれと言った。どの位拾ったらいいのか、と誰かが質問をした。

「半分もあれば、それでもういいでしょう」

男はきっぱりと言った。

みよの腰の辺りの骨の中に、黒々とした金属製のボルトがあるのを彼は見逃さなかった。それは、間違いなくみよのものであることの証拠であり、念を押すまでもないことであったが、彼は確認をして納得したい気持になった。

彼は誰よりも先に竹の箸を差し出して骨を拾った。これが戦後すぐ満一歳で死んだ妹の時とはちがっていた。妹の時には、墓地に風など吹いていなかったはずなのに、骨かと思って箸の先でつまんで目の前に持ち上げると、骨は白い糸を横にすうっと一筋引いて消えてしまった。それは、骨ではなかったのだ。それに比べると、みよの骨は、スパティフィラムの花のような白い色をしていて、収骨台車に累々と堆積している感じがした。

能登路

彼等は能登路へは何度か行っている。能登自動車道を走って、徳田大津から能越自動車道に入り、七尾から山越えをして氷見の海に出る。条件がととのえば、氷見の沖に立山連峰が屏風のように並ぶ。

「まさか」

最初梢はそう言ったが、何度か確認するうちに、曇天などで見えない時はひどく落胆した。

氷見では魚を買う。鰤などは買わない。鰯を買う。鰯といえば、越前の片田舎でも昔から氷見鰯だ。売りたいのか売りたくないのかわからない親父の店では饂飩を買う。銀杏の練り菓子を買う。たまに葱やら野菜を買ったりする。魚は彼の担当であるが、饂飩以下は梢の担当である。遅い昼食も摂る。市場の二階で造りやら漁師汁を食べたこともあるが、寿司屋で食べることもある。小学校の低学年位の男の子が祖母とおぼしき人と入って来て、いきなり、「エンガワ」と言って寿司を注文したのには彼等も呆れた。氷見でゆっくり一泊できないことはなかったが、魚を買ったので彼等は日帰りをする。

珍しく和倉で一泊しようということになって、内灘に入った所で能登沖地震に遭遇したことがあった。ゴーストップで車を止めたのだが、何となくおかしい。車がみしみしと左右に軋む。見上げると電線が風もないのにゆっさゆっさと激しく揺れている。まちがいなく地震である。助手席にすわっている梢はまだ気付かない。大地震の経験者と、未経験者のちがいといってもいい。ゴーストップが青になって、走り出す車がある。彼はおもむろに道の端にそろそろと車を寄せる。道を走っていて、地震に遭遇した時のドライバーの心得である。これも、大地震の経験者と未経験者のちがいである。走り出した車などは、梢と同じように、地震と気付かなかったのだろう。

それから彼等は暫く走って、公衆電話のボックスを見つけると、念のために和倉の旅館に電話をした。大丈夫だということであった。そうすると、先刻の地震は大したことではなかったのだ。地震ではそういうことがよくある。産経新聞の記者であった福田定一は、トラックに便乗して来て武生の野に出た時夜明けになったが、何処に地震があったんだろうと頭をひねったという。その先の福井市、丸岡町は壊滅。こんなのを何というか。紙一重、運不運。いずれも当らないだろうが、とにかく地震とか、洪水による床上浸水には、この種の明暗がつきまとう。

さて和倉に着いて様子が変なのに彼等は気付いた。旅館の玄関前にコートを着た若い女が一人ぽつんと立っている。コートも変だし、ぽつんと立っているというのも変であった。ずっとそうして、彼等の到着を首を長くして待っていた感じがあった。

「あの、もしかして」と彼女は言った。

彼女の話から、旅館が宿泊できるような状態でないことがわかった。泉源断裂、水道管損傷、柱壁亀裂等々。これも改めて調べてみて判明したということだろう。だから最初はOKを出したのだ。

彼等はUターンするより手がなかった。そうして気付いたことは、来る時に自動車道を走っている時は全く気付かなかったが、和倉に入ってからは、誰一人として道を歩いていなかったということがあった。考えてみると、普通は逆だろう。家の中にいたのでは危ないから人は外へ飛び出すのである。だから大地震に見舞われた時は人は戸外にたむろする。これがないことも不気味である。

彼等は帰らなければならなくなったわけであったが、帰りは山ばかりの自動車道を避けて海岸線へ出てみようということになった。そうして千里浜を走ることができれば、まだよしとせねばならぬだろう。ところが道路標識に志賀町とあった広い野を走ってみても人影がなかった。たまに広い野にある部落の近くを走ると、墓地の墓石が二つ三つ倒れている。これは只事ではない。やはり相当の揺れに見舞われたことがわかる。彼等は逃げるように志賀町を出て自動車道に乗った。羽咋《はくい》には当てがないわけではなかった。まずそのホテルを訪ねて一泊できないか聞いてみた。水道に不具合が生じていて全く駄目だと言う。仕方がないので千里浜に下りる道を辿って砂浜に車をつけると、「地震のため侵入禁止」のタテカンが立っていた。

彼等は、まだ車など走っていなかった頃から千里浜を知っていた。羽咋に知人の夫婦がいて、夏はそこへ一週間ばかり子供連れで世話になったのである。子供達は朝から晩まで海につかっていた。まだ小学校へ上がる前の子供達であったが、知人の子供二人と合わせて計四人の子供達は、親の監督なしでも千里浜へ出掛けて蛤を獲ったりして遊んだ。千里浜は、沖合まで遠浅の海岸であったために、子供達は泳ぐというより遊ぶ方に夢中になった。蛤などは、足の指先でぐりぐり砂を掘れば、そんなに苦労をせずに当りをつけることができた。親達の食事は、三食とも、蛤の味噌汁だけでもう充分に堪能した。

それから千里浜には海星《ひとで》の死骸だけが目立つようになり、それも姿を消してからは、全く蛤にお目にかからなくなった。羽咋の知人も転出し、彼等も羽咋に滞在することはなくなった。しかし彼等の場合、能登路というと、千里浜から始めるのが通例となった。梢も、若い頃からずっと千里浜に親しみ、今でこそ車から裸足で千里浜に降りることはなくなったが、どうかすると浪の引き際の渚を器用に歩いた。まるで渚を器用に歩く白い海鳥のように。車も昔より多くなった。けれども渋滞する等ということはない。渚には車線なるものがないが、トラブルが起きたためしはなかった。車がすれ違う時、車がお互いに徐行したり、停車したりしたので、車のトラブル等見たことがなくてもわかったのである。

蛤こそ獲れなくなり、車が走るようになったが、千里浜目当てのホテルが海岸に乱立することはなかった。この事情の内訳は知らない。シーズンになると、海岸に焼き烏賊やら焼き蛤を売る小屋が並ぶことがあるが、冬場にはそれら小屋は跡形も無くなる。大資本が今だに入っていない。海岸にシャワー室がないので、海水浴客は、あらかじめ濡れタオルを車に持ち込んで来ていて、海から上がればそれで体を拭き、何くわぬ顔をして旅を続けたり、家路についたりするのである。こうした海岸の風景が彼等の気に入って仕方がないものとなった。

自動車道の終点穴水は輪島へ至る経過駅である。それで、穴水で自動車道を降りると、どうしてもそこで一服したくなる。丁度昼食の時間を少し過ぎた時刻になっている。穴水にはいつの頃からか回転寿司店が出来ている。ドライバーはそのことを知っているから、空腹を騙し騙し穴水まで車を引っ張るのである。寿司店のネタが地の雑魚であったりすると幸運である。ガサ蝦とか小鯵とか素魚《しろうお》とか。こんな小振りな魚のあつかいには手間がかかる。したがって特に安価ではない。それでも鯛や平目が同じ味がするのにくらべれば余程ましだ。多分それらの大振りな魚は、同じ撒き餌で養殖されているからだろう。

穴水から、電車でいうと一駅先が中島。この里海の村には彼は縁があった。今、里海、と書いたのだが、里山に対する言葉のつもりである。米を作る村があり、牡蠣を養殖する海があるのが能登中島であった。海の幸と里の幸に恵まれている中島にはもう一つ、マクベスを公演する劇場が加わった。滅多に開場しない劇場の暗い袖から、仲代達也がぬっと顔を出しても少しも不思議でないような空気がそこにあった。劇場は村の端にあり、普段はひっそりかんとしていたが、公演の期間ともなると、穴水の寿司屋という寿司屋が昼食を摂る客でごったがえした。彼等は毎年中島へマクベスを観るために来ているわけではなかった。話の種としたかったのである。それは、和倉で一泊数万とかの散財をするよりはましという考え方であった。彼等にしても、遠路はるばる高速料金やら特急券を使って来ているのであるから、ただ入場券だけの出費では済まなかった。実は、これが中島や穴水の住民がマクベスを観るという場合とは覚悟の上でちがっていた。

彼は中島へ若き同僚の結納を持って行ったことがあった。この時は、中島へは能登の口の方から入った。若き同僚である花婿が運転するジープで、彼の父親と共にアカシアの白い花が咲き零れる自動車道に入りたての頃はすこぶる快適であったのだが、クッションの悪いジープに揺すられていると、彼は次第に不機嫌になって行った。途中のＩＣで花婿が気を利かしてソフトクリームを買ってくれた。彼にとっては何十年振りかのもので、そんな食べ物があるということさえ忘れていた。中島へ着いて、海に近い花嫁の家の前に、一際鮮やかな赤い着物姿の娘を見つけた時、彼は真底救われた気持になった。娘は立派な体格をしていて、初対面ではなかったが、笑顔が自然で取って付けたところがなかった。

「君はそうすると、アカシアの花の季節に能登路に入って、お嫁さんの家へ行くことがあるかもしれないね。これから何だかんだと、いろいろあるからね」

「はあ」

花婿の青年は、何だか気のない返事をした。娘の家における、国鉄マンの彼女の弟を動員してまでの心尽しの食事会でも、青年は一口も口をはさまずに、下座に座って黙々と食事をした。彼は青年が飲まなかった分だけ余分に飲んで、したたかに酩酊した。

梢は、穴水では、せっかくのことだからというので、寿司店のすぐ近くにある農協の販売店で米を買い、彼は農家から持ち込まれたばかりのジャンボ薩摩芋を百円也で買った。大きい芋の三倍もあろうかという芋が百円である。

「全部一本百円でいいよ」

軽トラで持ち込んだ若い男は農協の職員にそう言った。無雑作にダンボール箱に詰め込まれた土付きの薩摩芋は大中小合わせて十本位あった。マーケットでは、中位で百五十円前後。これが、最小のものでも、最大のものでも一本百円ということになると、乱暴だなと思いはしたが、若い男の意気込みというか、鼻息の荒さなどはよくわかった。漁師の投げ売りに似ていると思った。しかし此の頃の消費者は、一本百円で最小の芋を買うこともあるのだろうと思った。同じ百円でジャンボ芋を買うことができるのだが、余分なものは要らないという生活の感覚。彼はちがっていた。要不要にかかわらず、同じ値段なら躊躇なくジャンボ芋を買うのである。

「此処の米は美味しいよ。水がいいもの」

　梢は何の根拠もなくそう言った。

　彼等は大いに満足して輪島に入り、まだ時間が早いのでそのまま曽々木へ向かった。輪島泊にこぎつけるまでにはいろいろ悶着があった。彼等の睡眠時間が全くかみ合わなかった。彼は三時か四時起床。梢は八時起床。彼は起床したら本を読むか、葉書を書くか、テレビをつける。梢には我慢ができない。それならいっそシングル二つで申し込んだらどうか。これは丁度空き室があり、しかもシングル二つの方がツインより割安とは。これで一気に問題が解決することになった。夫婦で旅に出て、シングルで部屋を取るのは初めてであったが、考えてみれば、家でやっていることをホテルにも求めたのである。

　車の中で梢はこんなことを言った。彼女は学生時代、輪島の廻船問屋で卒論のための聞き取りをしたことがあった。今から思うと顔から火が出るほど恥ずかしいことだった。何しろ見せられた古文書がさっぱり読めない。これではいかんということで一晩缶詰になって主の古老から手ほどきを受けた由。ひどい話だが美しい話でもある。

「若いというのは強いねえ」

　これが梢の述懐である。

　とにかく輪島を抜けて千枚田で車を停め、小休止を取った。千枚田は色んな意味で夙《つと》に有名になった。道の下の田圃が隈取りをしたように際立って整備されているのに、道の上の田圃は荒れていた。一見して放棄田になっている。これで千枚田の命運も尋常でないことがよくわかった。どうにかこうにか家族労働でやっていた時代は過ぎたのである。

　途中で梢は南惣館へ寄って欲しいと言った。案内では、中世のコレクションが、豪族の邸宅に展示されている。光悦が多い。彼はさして興味がないので、屋敷まわりを簡単に見てしまうと、彼女を待つ間内陸部へ入ってみることにした。能登、能登といっても広うござんす、とは誰かが言っていたと思うが、彼はそれを実感してみたくなったのである。

　家々はいずれも黒と白のコントラストで大邸宅のおもむきがあった。柚子がたわわに実を付けていた。山脈は低く、向こうの低い山脈までの間に広い野があった。学生時代に、友人の下宿に能登出身の女生徒が下宿していて、母子家庭だということであったが、しっかり者であった彼女の家を、彼は広い野に点在する大邸宅に結び付けて連想した。素封家でなければ、あの頃高校生の下宿生活など考えられなかっただろう。

道に迷って少し時間がかかった彼を、既に見学を了えてしまった梢は外に立って所在なげに待っていた。道に迷ったおかげで、彼はどんつきの村の脇を流れる小川で里芋を洗っている老女に二人も出会った。人など何処にもいそうにない風景の中に、同じように背中を丸めて芋洗いをしている老女達の姿は、まさに永遠に動かぬ化石そのもののように見えて彼の印象に残った。車の中で、そのことを梢にも話した。

曽々木の海を見るとすぐ彼等は時国家に向かった。相当暗くなってきたからである。下の売店は店仕舞いに入っていて店番が戸を立てている。急いで急坂を登る。まだ玄関の戸は開いている。しかし奥の方から、戸を閉めるカラカラという大きな音が聞こえてくる。

梢が飛び込むようにして揚羽最中を買う。下の売店で買おうとしたら、店番に、上にしかない、上で買えと言われた菓子である。揚羽は時国家の家紋。それだけのことである。ついでに庭だけ見せてくれと言ったら、もう時間外であるからすぐ見るように事務員にうながされる。彼等は料金を免除されて暗い廊下を歩いた。庭の見学を申し出たのは彼である。

彼は学生時代に時国家へ来たことがあった。能登旅行の途次である。今となってはこの旅行がどういった目的のものであったのか思い出すことができなかったが、後に秋田の田沢湖畔にある歌舞団に加わって仕事をしていくことになる茶谷十六君の行動をはっきり覚えているので、彼が籍を置いていた史学科が母体であったことはまちがいなかった。十六君というのは、昭和十六年の生まれであったからであった。十五年生まれの彼と一つ違うのであるが、十六君は早生まれであったために学年は彼と一緒になった。その時、十六君だけがカメラを肩にかけていた。

彼は今まさに庭に面する雨戸を閉めようとしていた若い女に声をかけた。彼女も事務服を着ている。事情を話すと、彼女は心よく応じてくれ、既に閉めた雨戸まで開けてくれた。

「もう五十年以上も前になるのだが、時国家でガイドをやっていた娘さんに心当りがありませんか。娘さんはその頃二十歳前後ではなかったかと思うのですが」

若い女は目を白黒させた。そして、「五十年も前ですか」と言った。

その時、美しいガイドは庭に降り立って話をした。庭は苔生した青い庭で、見学者は縁側に立ちながら話を聞いた。十六君だけが庭に降り立ち、彼女の話等碌にも聞かずにしきりにシャッターを切った。細身で、青白い苔のように色白の彼女は、細い細い声で話をした。誰もが固唾を呑むようにして彼女の話に聞き入った。

「多分あの人ではないですかね。この近くにお住まいですよ。顔の小さい方。七十位だと思いますが、きれいな方なので若く見えるのかもしれません」

事務員の答えに彼はひどくたじろいだ。偶然にしても出来すぎではないか。しかしそんなことがあるのだろうか。

彼は大学を卒業すると銀行に就職し、支店を転々とする中で一冊の詩集を出した。その中にこんな一篇があった。それは、最初に時国家へ来てから十年も置かずに、今度は彼一人で時国家を訪問した時に作った作品である。

或る日私は時国家にいて
子供を連れたガイドの話を聞いていた
子供は三つか四つ
母親の側を離れずにいる
私の関心は母親にあった
話が終ったところで私は母親に聞いた
「昔あなたはここでガイドをしていましたか」
女は少し首を傾げるふうをした
青春の或る日
やはり私は時国家にいた
夏休みを利用して能登路を巡り
草深い時国家を訪ねたのだ
その時若いガイドがいて
彼女は一人だけ苔生した庭に降り立ち

細い細い声で話をした
鐸の声
私は旅宿に入ってからノートに
たった一行それだけ書きつけた
鐸の音色など
かつて聞いたことがなかったはずなのに
「いいえ」
女はまずそう言った
そして付け加えた
「その方はとても美しい方でしたね」

その頃の彼は鬱々として休まることがなく、能登路に打ち寄せる浪の音さえが疲れて聞こえてくる有様であった。気が付いてみたら能登路を独りで歩いていたということであった。車社会などはもう少し先のことで、旅人はまだ本数の少ないバスを乗り継ぎながら、バスが無ければ徒歩で補いながら旅路のやりくりをした。一口に旅といっても計算ずくではいかなかったのである。

「まことにずうずうしく、申し訳ないのだが、あなたに私の本を送るから、それを例の彼女に届けてもらえないだろうか。そこに、彼女について書いた一篇の詩があるのです」

彼はそんな意味のことを述べて、事務員の顔色を窺った。

「いいですよ」

彼女はいとも簡単に引き受けてくれた。

彼等は彼女がメモしてくれた住所の紙片を受け取ると時国家を辞した。坂の下の売店はきれいに雨戸が閉ざされていた。

「我々はよほど物好きにできているなあ」

彼がこう言うと、梢はすかさず応じた。

「我々がではなくて、あなたが、でしょう」

ホテルに着いてチェックインをすると、彼等は外に出て飲み屋を探した。フロントで手書きの飲食店マップを受け取っていたので彼等はそれを参考にした。歩き始めてすぐ、かなり先の方で点滅をしている赤提灯が見えた。

「景気が悪いな」

彼はそう独りごちた。

「店の人にはわからないんだから教えてあげましょうよ」

梢も気が付いてそんなことを言った。

結局彼等はその店に入ることにした。店にはコック帽の亭主が一人いて客は誰もいなかった。亭主は気難しそうな顔をしていた。一見老けて見えるが、年を聞いてみると案外自分とちがわないことが此の頃よくあることを彼は知っていた。

いしるの焼き物、山芋団子の茸汁等を梢は自分で注文した。いしるの焼き物、というから何を焼くのかと思ったら焼き野菜が出て来た。山芋や茸は山に入って穫って来たもので、山に入るのは楽しい、と後で出て来た女将が説明した。

彼は野菜は注文せず、栄螺《さざえ》の造りで少しの酒を飲むことにした。酒は悪くなく、明日友人に一本買って帰ることを決めて酒屋の場所を亭主に聞いた。雑魚の提供に彼はどんな意味ででも反対しなかったが、親指の先ほどの栄螺の造りなどというものは、固くて食べられたものではなかった。

暫くすると男女の二人連れが入って来た。年恰好はよく似ていた。彼等はカウンターに座るなり中ジョッキを飲み干した。それから男は冷酒、女も男に合わせる。辰《たつの》口《くち》の宿でこの店を紹介されたのだと女が言った。辰口といえば、金沢のずっと向こうで近くを手取が流れる。彼等は梢が注文した品を見て同じものを注文した。

「いしるってなあに」

女が男に甘えたような声で言った。

男が亭主に聞いている。男の声が炒め物に集中している亭主には聞こえない。

「くさやの汁みたいなものですよ」

梢が珍しく口をはさむ。

「ええっ！」

こんな声なき声を上げたのは誰であったか。

「ああ、くさや。聞いたことあるわ」

女は大きく頷いて又男の方を見た。

店に入ってから小一時間もすると、彼は銚子二本を空にしていたし、梢は塩粥を食べ終ってそれなりに満足した気分になった。常連らしい数人の男がどやどやっと入って来て別室に収まったのを機に、彼等は席を立つことにした。

ホテルに帰ると、彼等はロビーのボックスに並んで腰かけてコーヒーを喫んだ。まだチェックインをする客が思い出したようにあった。ロビー脇の食堂でも食事を供していたから、それなりに賑わいが続いていた。

彼等は各々の部屋のキーを受け取るとエレベーターに乗った。何だか新鮮な気持であった。ロビーを一人二人と浴客が行き来していたが、彼は入浴をどうするかはまだ決めていなかった。家ではこういうことは絶対になかった。

各々の部屋の前に立ち、彼は梢に「おやすみ」と言った。梢は、「おやすみなさい」と返して来た。こんなことも、家で上と下に別れる時、ＤＫからどちらが先に出ることになっても、まずなかった。

あとがき

この集の、「川蟬色の記憶」、「落ちていた雀」、「スパティフィラムの白い花」、「能登路」以外は、いずれも、『イリプス』に書いた。この間ずっと私は短篇を寄せていて、この集の意に添わないものを省いた。

『イリプス』に書いたものは、何れも原稿用紙三十枚程度の短篇であるが、この制約は『イリプス』のものである。しかし私は、その制約の内に収めるという気分ではなく、妙な言い方になるが、その制約を度外視して書き継いでいたことが思い返されてくる。むしろ短いものを目指し、制約をクリアしていればいいと考えた。

「川蟬色の記憶」と「落ちていた雀」は、各々『青磁』27号と30号に書いた。再録するにあたって加筆をしたが、ごく短いものであったために、これまでの小説集に入れることができなかったものである。
「能登路」は、『海鳴り』29号に書いた。「スパティフィラムの白い花」は、この集のために書き下ろした。

二〇一七年霜降

杉堂にて　著者

初出一覧

川蟬色の記憶	「青磁」27号	二〇一〇年十月
落ちていた雀	「青磁」30号	二〇一二年十一月
Jの終り方	「イリプス」II 15号	二〇一五年三月
505号室	「イリプス」II 17号	二〇一五年十一月
山茱萸《ぐみ》	「イリプス」II 20号	二〇一六年十月
狐登場	「イリプス」II 22号	二〇一七年六月
外出	「イリプス」II 19号	二〇一六年七月
スパティフィラムの白い花	書き下ろし	
能登路	「海鳴り」29号	二〇一七年五月

定　道明（さだ　みちあき）
一九四〇年福井市に生まれる。金沢大学卒。
主要著作
『薄目』（編集工房ノア）、『埠頭』（詩学社）、『糸切歯』（同前）、『朝倉螢』（紫陽社）
『中野重治私記』（構想社）、『「しらなみ」紀行』（河出書房新社）、『中野重治伝説』（同前）、『中野重治近景』（思潮社）
『昔日』（河出書房新社）、『立ち日』（樹立社）、『鴨の話』（西田書店）、『杉堂通信』（編集工房ノア）
『風を入れる』（編集工房ノア）

外出《がいしゅつ》
二〇一八年二月一日発行
著　者　定　道明
発行者　涸沢純平
発行所　株式会社編集工房ノア
〒五三一―〇〇七一
大阪市北区中津三―一七―五
電話〇六（六三七三）三六四一
FAX〇六（六三七三）三六四二
振替〇〇九四〇―七―三〇六四五七
組版　株式会社四国写研
印刷製本　亜細亜印刷株式会社
© 2018 Michiaki Sada
ISBN978-4-89271-288-3
不良本はお取り替えいたします

表示は本体価格

風を入れる　定　道明

坂は緩かに傾斜していた。そこには悲愴感も喜悦もない。ただ日常がつながっている。歳月の起伏。定年後、田舎の生家に帰り、風を入れる。二〇〇〇円

杉堂《さんどう》通信　定　道明

白山、別山の雪を望む里、老いに向かう穏やかな日常の出来事、旅先の風景の中に潜むもの、生のただよい、過去に分け入る日記体文学。二〇〇〇円

詩集　薄目　定　道明

詩人が中国を旅したとき、詩人は言い知れぬ不気味さを覚えた。詩人は自分自身に問いかけ、思索し、…誠実に答えを出した（広部英一）。一九四二円

巡航船　杉山平一

名篇『ミラボー橋』他自選詩文集。青春の回顧や、家庭内の幸不幸、身辺の実人生が、行とどいた眼光で、確かめられてゐる（三好達治序文）。二五〇〇円

三好達治風景と音楽　杉山平一

〔**大阪文学叢書2**〕詩誌「四季」での出会いから、自身の中に三好詩をかかえる詩人の、詩とは何か、愛惜の三好達治論。一八二五円

足立さんの古い革鞄　庄野　至

第23回織田作之助賞　足立巻一とTVドラマ作りで過ごした日々。モスクワで出会った若い日本人夫婦の憂愁。人と時の交情詩情五篇。一九〇〇円

定年記

三輪　正道

長年のうつ症をかかえながら、すまじき思いの宮仕え。文学と酒を友とし日暮らし、むかえた定年。報告と感謝を込めて、極私小説の妙。　二〇〇〇円

残影の記

三輪　正道

福井、富山、湖国、京都、大阪、神戸、すまじき思いの宮仕えの転地を、文学と酒を友とし過ぎた日々。人と情景が明滅する酔夢行文学第四集。二〇〇〇円

酒中記

三輪　正道

ブンガクが好き、酒が好き。文章をアテ（肴）に燗酒を楽しむ。中野重治家の蚕豆、吉原幸子の平手打ち、桑原武夫との意外な縁…。　二〇〇〇円

酔夢行

三輪　正道

酒を友とし文学に親しむ。含羞であり無頼ともなる日々を、歩行の文体で綴る。／十年後二十年後の再読に耐え得る好著と坪内祐三氏。　一九〇〇円

泰山木の花

三輪　正道

中野重治邸の泰山木の花。各駅停車ほろ酔いの旅情。もだもだの心の揺れ、神戸震災の地の揺れ…各駅停車の精神の文学（解説・川崎彰彦）。　一八二五円

冬晴れ

川崎　彰彦

軍医であった父は失意を回復しないまま晩年を送り、雪模様の日に死んだ。「冬晴れ」ほか著者の二十二年間の陰影深い短篇集。　一六五〇円

火用心　杉本秀太郎

〔ノア叢書15〕近くは佐藤春夫の『退屈読本』遠くは兼好法師の『徒然草』、ここに夜まわり『火用心』、文芸と日常の情理を尽くす随筆集。　二〇〇〇円

碧眼の人　富士　正晴

未刊行小説集。ざらざらしたもの、ごつごつしたもの、事実調べ、雑談形式といった、独自の融通無碍の境地から生まれた作品群。九篇。　二四二七円

象の消えた動物園　鶴見　俊輔

私の目標は、平和をめざして、もうろくするということです。もっとひろく、しなやかに、多元に開く。2005〜2011最新時代批評集成。　二五〇〇円

日は過ぎ去らず　小野十三郎

半ば忘れていた文章の中にも、今日の状況の中でこそ私が云いたいことや、再確認しておかなければならないことがたくさんある(あとがき)。　一八〇〇円

春の帽子　天野　忠

車椅子生活がもう四年越しになる。穏やかな眼で、老いの静かな時の流れを見る。想い、ことば、神経が一体となった生前最後の随筆集。　二〇〇〇円

木村庄助日誌　木村重信編

太宰治『パンドラの匣』の底本　特異な健康道場における結核の療養日誌だが、創作と脚色のある自伝風小説。濃密な思いの詳細な描写。　三〇〇〇円